MOWGLI
O MENINO-LOBO

Título original: *The Jungle Book*
Copyright © Editora Lafonte Ltda. 2021

Tradução e Adaptação   *Monteiro Lobato*

Todos os direitos reservados.
Nenhuma parte deste livro pode ser reproduzida por quaisquer meios existentes sem autorização por escrito dos editores e detentores dos direitos.

Direção Editorial   *Ethel Santaella*

REALIZAÇÃO

GrandeUrsa Comunicação

Direção   *Denise Gianoglio*
Revisão   *Valéria Thomé*
Capa, Projeto Gráfico e Diagramação   *Idée Arte e Comunicação*
Ilustrações do miolo   *Maurice de Becque - 1924*
Ilustração Capa   *Montagem com desenho de Maurice de Becque - 1924*

Dados Internacionais de Catalogação na Publicação (CIP)
(Câmara Brasileira do Livro, SP, Brasil)

```
Lobato, Monteiro, 1882-1948
   Mowgli : o menino lobo / Rudyard Kipling ;
tradução e adaptação Monteiro Lobato. -- 1. ed. --
São Paulo, SP : Lafonte, 2021.

   Título original: The Jungle Book.
   ISBN 978-65-5870-187-3

   1. Contos ingleses I. Kipling, Rudyard, 1865-1936
II. Título.

21-83740                                      CDD-823
```

Índices para catálogo sistemático:

1. Contos : Literatura inglesa   823

Eliete Marques da Silva - Bibliotecária - CRB-8/9380

Editora Lafonte
Av. Profª Ida Kolb, 551, Casa Verde, CEP 02518-000, São Paulo-SP, Brasil Tel.: (+55) 11 3855-2100
Atendimento ao leitor (+55) 11 3855- 2216 / 11 – 3855 -2213 - atendimento@editoralafonte.com.br
Venda de livros avulsos (+55) 11 3855- 2216 - vendas@editoralafonte.com.br
Venda de livros no atacado (+55) 11 3855-2275 - atacado@escala.com.br

RUDYARD KIPLING

MOWGLI
O MENINO-LOBO

Brasil, 2021

Lafonte

ÍNDICE

CAPÍTULO I	Os irmãos de Mowgli	7
CAPÍTULO II	As caçadas de Kaa	43
CAPÍTULO III	Tigre! tigre!	85
CAPÍTULO IV	O avanço do jângal	113
CAPÍTULO V	Como apareceu o medo	157
CAPÍTULO VI	O ankus do rei	185
CAPÍTULO VII	Os cães vermelhos	215
CAPÍTULO VIII	A embriaguez da primavera	255

CAPÍTULO I

OS IRMÃOS DE MOWGLI

Nos montes de Seoni, ali pelas sete horas daquele dia tão quente, Pai Lobo acordou do seu longo sono, espreguiçou-se, bocejou e estirou as pernas para espantar a lombeira que o entorpecia. Mãe Loba, deitada ao seu lado, com o focinho entre os quatro filhotes do casal, tinha os olhos fixos na lua, que naquele momento se mostrava na boca da caverna.

— Ogreh! É tempo de sair de novo à caça — murmurou Pai Lobo. E já ia deixando a caverna quando um vulto de cauda peluda assomou à entrada.

— Boa sorte para todos, ó chefe dos lobos! — exclamou o vulto. — E também boa sorte e rijos dentes para esta nobre ninhada, a fim de que jamais padeçam de fome no mundo.

Era o chacal Tabaqui, o Lambe-Pratos, que os lobos da Índia desprezavam por viver fazendo pequenas maldades e contando rodelas[1], quando não andava fossando o monturo das aldeias para roer pedaços de couro. Mas, se o desprezavam, também o temiam, porque era chacal, e os chacais facilmente ficam loucos e, então, esquecem o respeito devido aos mais fortes e percorrem o jângal mordendo todo animal que encontram. Até o tigre foge, ou esconde-se, quando vê um pequeno Tabaqui louco, sendo, como é, a loucura a coisa mais desagradável que existe para um habitante do jângal. Os sábios chamam isso de hidrofobia; os animais dizem simplesmente *dewanee* — loucura — e fogem.

— Entre — disse-lhe Pai Lobo. — Mas desde já aviso que não há nada de comer aqui.

— Não haverá para um lobo — respondeu Tabaqui. — Para criatura mesquinha como eu, um osso velho vale por um banquete. Quem somos nós, os gidur-log (chacais), para escolher?

E, isto dizendo, dirigiu-se, guiado pelo faro, a um canto da caverna onde havia alguns ossos de gamo com um pouco de carne, que se pôs a roer alegremente.

— Muito obrigado por este delicioso petisco — disse Tabaqui sem interromper o serviço, lambendo os beiços.

---

1 Mentiras (N. do E.)

E depois: — Que lindos filhos os seus, Pai Lobo! Olhos assim tão grandes jamais vi. Não negam ser filhos de rei.

Tabaqui sabia muito bem que era imprudente elogiar crianças na presença delas e, se daquele modo elogiava os filhotes do lobo, fazia-o apenas para ver o mal-estar causado aos pais. Assim, sempre roendo o seu osso, sentou-se sobre as patas traseiras e ficou um instante calado, apreciando a maldadezinha; depois disse com malignidade:

— Shere Khan, o Turuma, mudou seu campo de caça. Vai agora caçar por estes montes, conforme me informou.

Shere Khan era o tigre que morava às margens do Rio Waingunga, a 33 quilômetros dali.

— Shere Khan não tem o direito de fazer isso! — protestou Pai Lobo, irritado. — Pela lei do jângal, não tem o direito de mudar de campo de caça sem prevenir os moradores. A presença de Shere Khan aqui vai aterrorizar a caça num raio de dez milhas; e eu... e eu tenho de caçar por dois, nestes tempos que correm.

— Não é à toa que a mãe de Shere Khan o chama de Lungri (o aleijado) — disse Mãe Loba. — Ficou manco de uma pata logo que nasceu; por isso só se alimenta de gado. Agora, como os habitantes humanos do Waingunga andam furiosos com ele, o estúpido pensa em mudar-se para aqui a fim de também enfurecer os homens desta zona. Eles vão limpar a floresta quando Shere Khan estiver ausente, e nós e nossos filhotes seremos forçados a correr muito quando a relva estiver batida. Devemos ficar todos gratos ao tal Shere Khan!

— Posso contar a ele da sua gratidão? — perguntou com ironia o chacal.

— Fora daqui! — berrou Pai Lobo, enfurecido com a impertinência. — Vá caçar com o seu mestre, que você já nos aborreceu bastante por hoje.

— Vou, sim — respondeu Tabaqui, muito calmo. — Já estou ouvindo o rumor de seus passos por entre os arbustos.

Pai Lobo espichou as orelhas. De fato, distinguiu, vindo do vale por onde corria um riacho, o bufo colérico de um tigre que nada caçara e parecia se empenhar para que todo o jângal soubesse disso.

— Doido! — exclamou Pai Lobo. — Começar sua caçada noturna bufando dessa maneira... Será que pensa, por acaso, que os cabritos montesas desta zona são os bezerros gordos do Waingunga?

— Ele não está caçando cabrito nem bezerro — advertiu Mãe Loba. — Está caçando homem...

Os bufos haviam mudado para uma espécie de rosnar sem direção. Esse rosnar sem direção, que parece vir dos quatro pontos cardeais, desorienta os lenhadores e ciganos que dormem ao relento, fazendo-os, às vezes, correr justamente para a goela do tigre.

— Caçando homem? — repetiu Pai Lobo, com os dentes arreganhados. — Esse tigre não tem rãs em quantidade suficiente nos charcos para se meter a comer homens e logo em nossos domínios?

A lei do jângal, que nada prescreve sem razões, proíbe todos os animais de comer homens, exceto quando algum deles está matando para ensinar aos filhos como se mata. O motivo disto é que, quando comem um homem, cedo ou tarde aparecem no lugar homens brancos montados em elefantes e rodeados de centenas de homens pardos com archotes e gongos, e então a floresta inteira sofre. Mas a desculpa que os animais apresentam para que o homem seja respeitado é que ele é a mais fraca e indefesa de todas as criaturas, sendo, portanto, covardia atacá-lo. Dizem também, e é verdade, que os comedores de homens se tornam sarnentos e perdem os dentes.

O rosnar do tigre crescia de tom, terminando afinal em um urro, sinal de bote. Em seguida, ouviu-se um uivo de desapontamento.

— Errou o pulo — disse Mãe Loba. — Que terá acontecido?

Pai Lobo correu para fora e logo parou, a fim de ouvir

melhor os uivos ferozes de Shere Khan, que uivava como se houvesse caído numa armadilha.

— O doido atirou-se em uma fogueira de lenhadores e queimou as patas — disse Pai Lobo. — E Tabaqui está com ele — completou depois, adivinhando de longe o que se passava.

— Algo se aproxima — pressentiu de súbito Mãe Loba, torcendo uma orelha. — Atenção!

Também ouvindo rumor na folhagem, Pai Lobo ficou de bote armado para o que desse e viesse. Aconteceu, então, uma coisa linda: um bote que se deteve a meio caminho. Porque o lobo iniciara o pulo antes de saber do que se tratava e, já no ar, vendo o que era, recolheu o resto do pulo, voltando à posição anterior.

— Homem! — exclamou ele. — Um filhote de homem!

Bem defronte, de pé, apoiado em um galhinho baixo, havia surgido um menino nu, de pele morena, que mal começara a andar: uma isca de gente como jamais aparecera outra em nenhuma caverna de fera. O menino olhava para Pai Lobo, sorrindo.

— Filhote de homem? — repetiu de longe Mãe Loba. — Jamais vi um. Traga-o para cá.

Acostumados a lidar com as suas próprias crias, os lobos sabem levar um ovo na boca sem o quebrar; por isso, Pai Lobo pôde trazer o menino suspenso pelo cangote e depô-lo no meio da sua ninhada, sem lhe causar o menor arranhão.

— Que pequenino! Como está nu e que valente é! — exclamou Mãe Loba, com ternura, enquanto a criança se ajeitava entre os lobinhos para melhor aquecer-se. — Ai! — continuou a loba. — Está comendo a comida dos nossos filhos e é um filhote de homem... Será que já houve família de lobos que pudesse gabar-se de ver um filhote de homem misturado à sua ninhada?

— Já ouvi falar de coisa assim — disse Pai Lobo. — Mas não em nosso bando nem durante o tempo de minha vida. Está completamente sem cabelos e morreria com um tapinha meu. Mas veja! Olha para nós sem medo algum.

Nisto a caverna escureceu: a cabeça quadrada de Shere Khan obstruía-lhe a entrada. Atrás do tigre vinha Tabaqui, dizendo:

— Meu senhor, meu senhor, ele meteu-se aqui.

— Shere Khan nos faz grande honra — disse Pai Lobo, amavelmente, à guisa de saudação ao tigre, embora o ódio dos seus olhos desmentisse a gentileza das palavras. — Que deseja, Shere Khan?

— Quero a minha caça: um filhote de homem que entrou nesta cova — respondeu o tigre. — Seus pais fugiram. Entreguem-no!

Shere Khan lançara-se contra um acampamento de lenhadores, exatamente como o lobo havia previsto, e estava agora furioso com a dor das queimaduras. Queria vingar-se no menino que conseguira escapar. Mas Pai Lobo sabia que a entrada da caverna era estreita demais para dar passagem a um tigre e que, portanto, a cólera daquele não oferecia perigo nenhum. Em vista disso respondeu:

— Os lobos são um povo livre. Recebem ordens unicamente do seu chefe e jamais de um comedor de bezerros. O filhote de homem é nosso, para o matarmos, se quisermos.

— Se quisermos! — repetiu com sarcasmo o tigre. — Quem fala aqui em querer? Não vou ficar nesta caverna de cães à disposição de tais quereres. Sou eu, Shere Khan, quem fala, ouviu?

E o rugido do tigre encheu a caverna, qual um trovão. Mãe Loba aproximou-se dos seus filhotes, fixando nos olhos flamejantes do tigre os seus olhos vivos como duas luzinhas verdes.

— Quem responde agora sou eu — disse ela. — Eu, Raksha, a Demônia. O filhote de homem é nosso, Lungri, só nosso! Não será morto por você. Viverá, para correr pelos campos com o nosso bando e com ele caçar; e por fim — preste bastante atenção, caçador de crianças, comedor de rãs e peixe — e, por fim, um dia vai caçá-lo! Vá agora! Pelo sambur, veado que matei (porque não caço bezerros gordos), vá para sua mãe, tigre chamuscado e mais manco do que nunca! Vá embora!

Pai Lobo olhou-a assombrado. Já era vaga a sua lembrança do dia em que conquistara aquela companheira em luta feroz com cinco rivais, no tempo em que a loba vagueava solteira no bando e ainda não recebera o nome de guerra que possuía agora: Raksha, a Demônia.

Shere Khan tinha sustentado o olhar do lobo, mas não pudera suportar o olhar da loba, firme na sua posição e pronta a bater-se em luta de morte. Shere Khan retirou da abertura da caverna a cabeçorra quadrada para depois de alguns bufos de cólera urrar:

— Os cães sabem ladrar de dentro dos canis! Vamos ver o que pensa a alcateia disso de abrigar e defender filhotes de homem. Esse bichinho é meu e nos meus dentes será triturado, cambada de ladrões de rabo de espanador!

O tigre retirou-se bufando e a loba voltou ofegante para o meio da sua ninhada. O lobo disse, então, gravemente:

— Shere Khan está certo nesse ponto. O filhote de homem tem de ser apresentado à alcateia para que os lobos decidam sua sorte. Você quer conservá-lo conosco?

— Sim — respondeu de pronto a loba. — Ele veio nuzinho, de noite, só e faminto. Apesar disso, não mostrou o menor medo. Olhe! Lá está ele puxando um dos nossos filhotes... E pensar que por um triz aquele carniceiro aleijado não o matou aqui em nossa presença, para depois, muito fresco, escapar-se do Waingunga, enquanto os camponeses estivessem caçando em nossas terras! Conservá-lo conosco? Mas é claro! — E voltando-se para a criança nua: — Durma sossegada, pequenina rã. Durma, Mowgli, pois assim vou chamá-lo daqui por diante: Mowgli, a Rã. Durma, que tempo há de vir em que você caçará Shere Khan, como ele quis caçá-lo ainda há pouco.

— Mas que dirá a alcateia? — indagou Pai Lobo, apreensivo.

A lei do jângal permite que cada lobo deixe a alcateia logo que se case. Mas, assim que seus filhotes desmamam, os pais têm de levá-los ao Conselho, geralmente reunido uma vez por mês durante a lua cheia, para que os outros fiquem conhecendo-os e possam identificá-los. Depois dessa apresentação, os lobinhos passam a viver livremente, podendo andar por onde quiserem. E, até que hajam caçado o primeiro gamo, nenhum lobo adulto tem o direito de matar um deles, por qualquer motivo que seja. A pena contra esse crime consiste na morte do criminoso. Assim é e assim deve ser.

Pai Lobo esperou que seus filhotes desmamassem e, então, numa noite de assembleia, dirigiu-se com Mãe

Loba, Mowgli e seus filhotes para o ponto marcado, a Roca do Conselho, um pedregoso alto de montanha, onde cem lobos poderiam ajuntar-se. Akela, o Lobo Solitário, que chefiava o bando graças à sua força e astúcia, já estava lá, sentado na sua pedra, tendo pela frente, também sentados sobre as patas traseiras, 40 ou mais lobos de todos os pelos e tamanhos, desde veteranos pardos, que podem sozinhos carregar um gamo nos dentes, até jovens de três anos, que julgam poder fazer o mesmo. O Solitário os chefiava ia fazer um ano. Por duas vezes caíra em armadilhas, quando mais jovem, e numa delas viu-se surrado a ponto de ficar por terra, como morto. Em virtude disso, tinha experiência da malícia dos homens, suas táticas e jeitos.

Houve pouca discussão no Conselho. Os filhotes que vieram para ser apresentados permaneciam no meio do bando, ao lado de seus pais. De vez em quando um veterano ia até eles, examinava-os cuidadosamente e retirava-se. Ou então uma das mães empurrava o filhote para um ponto onde pudesse ficar bem visível, de modo que não escapasse às vistas de toda a alcateia. Do seu rochedo, Akela dizia:

— Vocês conhecem a lei. Olhem bem, portanto, ó lobos, para que mais tarde não haja enganos.

E as mães, sempre ansiosas pela segurança dos filhos, repetiam:

— Olhem bem, lobos. Olhem bem.

Por fim chegou a vez de Mãe Loba sentir-se aflita. Pai Lobo empurrava Mowgli, a Rã, para o centro da roda, onde o filhotinho de homem se sentou, sorridente, brincando com alguns pedregulhos que brilhavam ao luar.

Sem erguer a cabeça de entre as patas, Akela prosseguia no aviso monótono do "olhem bem, lobos", quando ressoou perto o rugido de Shere Khan:

— Esse filhote de homem é meu! Entreguem-no! O que o povo livre tem com um filhote de homem? — urrava ele.

Akela, sempre impassível, nem sequer pestanejou. Apenas ampliou o aviso:

— Olhem bem, lobos. O povo livre nada tem que ver com as opiniões dos que não pertencem à sua grei. Olhem, olhem bem.

Ouviu-se um coro de uivos profundos, do meio do qual se destacou, pela boca dum lobo de quatro anos, que achara justa a reclamação do tigre, esta pergunta:

— Sim, o que o povo livre tem a ver com um filhote de homem?

A lei do jângal manda que, em casos de dúvida quanto ao direito de alguém ser admitido pela alcateia, seja esse direito defendido por dois membros do bando que não seus pais.

— Quem se apresenta para defender esse filhote? — gritou Akela. — Quem, no povo livre, fala por ele?

Não houve resposta, e Mãe Loba preparou-se para luta de morte, caso o incidente tivesse desfecho contrário ao que o seu coração pedia.

A única voz, sem ser de lobo, permitida no Conselho era a de Baloo, o sonolento urso pardo que ensinava aos lobinhos a lei do jângal; o velho Baloo que podia andar por onde lhe aprouvesse porque só se alimentava de nozes, raízes e mel, além do que sabia pôr-se de pé sobre as patas traseiras e grunhir.

— Quem fala pelo filhote de homem? Eu. Eu me declaro por ele. Não vejo mal nenhum que viva entre nós. Embora não possua eloquência, estou dizendo a verdade. Deixem-no viver livre na alcateia como irmão dos demais. Baloo lhe ensinará as leis da nossa vida.

— Outra voz que se levante — disse Akela. — Baloo já falou, Baloo, o mestre dos lobinhos. Quem fala pelo filhote, além de Baloo?

Uma sombra projetou-se no círculo formado pelos lobos, a sombra de Bagheera, a Pantera Negra, realmente cor de ébano, com vivos reflexos de luz na sua pelagem de seda. Todos a conheciam e ninguém se atravessava em seu caminho. Bagheera era tão astuta como Tabaqui, tão intrépida como o búfalo e tão incansável como o elefante ferido. Tinha, entretanto, a voz doce como o mel que escorre de um galho e a pele mais macia do que o veludo.

— Akela e demais membros do povo livre! Não tenho direito de falar nesta assembleia, mas a lei do jângal diz que, se há dúvida quanto a um novo filhote, a vida dele pode ser comprada por um certo preço. A lei, entretanto, não declara quem pode ou quem não pode pagar esse preço. Estou certa?

— Sim, sim! — gritaram os lobos mais moços, eternamente esfaimados. — Ouçamos Bagheera. O filhote de homem pode ser comprado por um certo preço. É a lei.

— Bem — disse a pantera. — Já que me autorizaram, peço licença para falar.

— Fale! Fale! — gritaram 30 vozes.

— Matar um filhotinho de homem constitui pura vergonha, além de que ele pode ser muito útil a todos nós quando crescer. Em vista disso, junto-me a Baloo e ofereço o touro gordo que acabo de matar a menos de um quilômetro e meio daqui como preço para que o recebam na alcateia, de acordo com a lei. Vocês aceitam a minha proposta?

Houve um clamor de dezenas de vozes, que gritaram:

— Não vemos mal nisso. De qualquer maneira, ele morrerá na próxima estação das chuvas ou será queimado pelo sol. Que dano nos pode fazer a vida dessa rãzinha nua? Que fique na alcateia. Onde está o touro gordo, Bagheera? Aceitamos a sua proposta.

Cessada a gritaria, ressoou a voz grave de Akela:

— Olhem bem, lobos.

Mowgli continuava profundamente absorvido com os seus pedregulhos, sem dar nenhuma atenção aos que dele se aproximavam para vê-lo bem de perto. Por fim todos se dirigiram para onde estava o touro gordo, ficando ali apenas Akela, Bagheera, Baloo e o casal de tutores do menino.

Shere Khan urrava de despeito por ter perdido a presa cobiçada.

— Urre, urre! — rosnou Bagheera, entredentes. — Urre, que virá um tempo em que essa coisinha nua fará você urrar em outro tom, ou não sei nada sobre homens.

— Está tudo bem — disse Akela. — O homem e seus filhotes são espertos. Esse poderá vir a ser de muita vantagem para nós um dia.

— Certamente, porque não podemos, eu e você, ter a pretensão de chefiar o bando toda a vida — ajuntou Bagheera.

Akela calou-se. Estava pensando no tempo em que os chefes de alcateia começam a sentir o peso dos anos. A força dos músculos declina até que outro surge, mata o antigo chefe e fica em seu lugar, para também ser morto a seu tempo.

— Leve-o — disse Akela a Pai Lobo — e trate de educá-lo bem para que seja útil ao povo livre.

Foi assim que Mowgli entrou para a alcateia: à custa de um touro gordo e por iniciativa das palavras de Baloo.

***

Pulemos agora dez anos de descrição da vida de Mowgli entre os lobos, coisa que daria matéria para todo um volume. Digamos apenas que ali cresceu entre os lobinhos, embora todos ficassem adultos antes que Mowgli deixasse de ser criança. Pai Lobo ensinou-lhe a vida e a significação das coisas do jângal em todas as suas minúcias. Os menores rumores nas ervas, o movimento das brisas, as notas do canto da coruja, cada arranhadura que a garra dos morcegos deixa na casca das árvores onde se penduram por um momento, a lambada na água de cada peixinho ao dar pulos na superfície, tudo significa muito para os animais da floresta.

Quando Mowgli não estava aprendendo, sentava-se ao sol para dormir. Depois comia e, depois de comer, punha-se a dormir de novo. Quando se sentia sujo, ou encalorado, banhava-se nas lagoas do jângal e quando queria mel (Baloo lhe ensinara que mel e nozes constituem alimentos tão bons como a carne) trepava nas árvores para colhê-lo nas colmeias. Com Bagheera, aprendera a trepar em árvores. A pantera costumava saltar sobre um galho e dizer-lhe: "Venha, irmãozinho!" A princípio Mowgli subia como a preguiça; por fim, adquiriu a rapidez e a destreza dos velhos macacos. Um dia começou a ter o seu lugar no Conselho. Sentava-se entre os lobos e brincava de encará-los fixamente, até que baixassem os olhos. Frequentemente tirava espinhos das patas de seus irmãos lobos. Também costumava descer o morro durante a noite, para aproximar-se das aldeias e espiar os homens. Adquirira, entretanto, uma grande desconfiança dos homens desde que Bagheera lhe mostrou uma armadilha feita em certo ponto da floresta, habilmente oculta por folhas secas. O que mais agradava Mowgli era ir com Bagheera aos lugares mais fechados do jângal para lá dormir enquanto a pantera caçava. Bagheera ensinou-lhe a caçar, como caçar e o que caçar. Aos touros, por exemplo, tinha de respeitar, porque devia sua entrada na alcateia à vida de um touro.

— Todo o jângal é seu — disse-lhe Bagheera —, e você tem o direito de matar sempre que se sentir bastante forte para isso; mas, por amor ao touro ao qual você deve a vida, poupe o gado, seja ele velho ou novo. Essa é a lei do jângal.

Mowgli, que sempre a ouvia respeitosamente, jamais deixou de seguir aqueles mandamentos.

E assim cresceu, e cresceu forte como todas as criaturas que não sabem que estão aprendendo as lições da vida e nada mais têm a fazer no mundo além de comer.

Mãe Loba disse-lhe certa vez que Shere Khan não era criatura em quem se confiasse e que ele teria de matar Shere Khan. Um lobinho novo que ouvisse aquilo guardaria na memória para o resto da vida. Mowgli, porém, que, embora se considerasse lobo, era homem, em breve esqueceu o comentário.

Shere Khan andava sempre atravessando seu caminho. À medida que Akela envelhecia e se tornava mais fraco, o tigre mais e mais se aproximava dos lobos jovens, que o seguiam na caça para pegar as sobras — coisa que o Lobo Solitário jamais permitiria, se ainda pudesse manter a sua autoridade dos bons tempos. Por isso Shere Khan costumava elogiá-los, admirando-se de que lobos moços e fortes se sujeitassem à chefia de um lobo decrépito, assistido por um filhote de homem.

— Dizem por aí — intrigava ele — que, nas reuniões do Conselho, nenhum de vocês ousa sustentar o olhar desse menino... — e ao ouvirem aquilo todos os lobos rosnavam coléricos.

Bagheera, cujos olhos e ouvidos andavam por toda a parte, soube da intriga e por várias vezes avisou Mowgli de que Shere Khan tencionava matá-lo. Mowgli ria-se, respondendo:

— Tenho a meu lado a alcateia e tenho também você. E tenho ainda a amizade de Baloo, que apesar de preguiçoso dará bons tapas em minha defesa. Por que, então, recear Shere Khan?

Certa tarde muito quente Bagheera veio com uma nova ideia, que talvez Ikki, o Porco-Espinho, houvesse lhe sugerido. Estavam na parte mais cerrada da floresta, Mowgli deitado, com a cabeça em repouso sobre o pelo macio da pantera.

— Mowgli — disse Bagheera —, quantas vezes já lhe disse que Shere Khan é seu inimigo?

— Tantas quanto os cocos que há naquela palmeira — respondeu o menino, que ainda não sabia contar. — Mas o que é que tem isso, Bagheera? Estou com sono, sabe? Shere Khan não me interessa mais do que Mao, o Pavão.

— Não é hora de dormir — replicou a pantera. — Baloo sabe disso. A alcateia sabe disso. Os veados, louquinhos que são, sabem disso. E até Tabaqui já avisou você.

— Ora, ora! — exclamou Mowgli com desprezo. — Tabaqui veio a mim, não faz muito tempo, com certas impertinências, como a de que eu era filhote de homem. Agarrei-o pela cauda e malhei-o duas vezes de encontro a um coqueiro, para ensiná-lo a ser menos atrevido.

— Foi imprudência, porque, embora Tabaqui seja um malfeitor mesquinho, você se poria a par de algo proveitoso. Abra os olhos, irmãozinho. Shere Khan não ousa matar você aqui no jângal; mas não se esqueça de que Akela está envelhecendo e breve chegará o dia em que não mais poderá matar um gamo. Estará, então, no fim da sua longa chefia. Muitos dos lobos a que você foi apresentado no Conselho também estão velhos, e a nova geração pensa pela cabeça de Shere Khan. Todos admitem, com o tigre, que não há lugar na alcateia para filhotes de homem. E dentro em pouco você será mais que isso... você será homem...

— E o que é ser homem? Não poderá um homem viver com seus irmãos lobos na alcateia? — replicou o menino. — Sou do jângal, tenho obedecido à lei do jângal, e não existe no bando um só lobo do qual eu não tenha tirado espinho das patas. Tenho a certeza de que todos me consideram como irmão.

Bagheera espreguiçou-se, com os olhos semicerrados.

— Irmãozinho — disse ela —, apalpe o meu pescoço.

Mowgli obedeceu e, na sedosa pele do pescoço de Bagheera, descobriu um ponto pelado e caloso.

— Ninguém no jângal sabe que tenho essa marca, essa marca de coleira. Sim, meu caro irmãozinho, nasci entre homens e foi entre homens que minha mãe morreu, nas jaulas do palácio do rei de Udaipur. Por esse motivo é que o salvei na reunião do Conselho, quando você não passava de uma criancinha nua. Sim, por isso, por também ter nascido entre homens! Vivi anos sem conhecer o jângal. Era alimentada através de barras de ferro e assim foi até o dia em que me senti plenamente Bagheera, a Pantera, e não mais brinquedo de ninguém. Quebrei os ferrolhos da jaula com um tapa. E justamente porque aprendi muito com os homens é que me tornei mais temível no jângal do que o próprio Shere Khan. Não estou falando a verdade?

— Perfeitamente — respondeu Mowgli. — Todos na floresta temem Bagheera. Todos, exceto Mowgli!

— Oh, você é um filhote de homem — respondeu Bagheera com ternura — e, assim como retornei ao jângal, você retornará um dia para os homens, para seus irmãos, caso não seja morto no Conselho...

— Por quê? Por que alguém vai querer me matar aqui? — interpelou o menino.

— Olhe para mim — respondeu Bagheera.

E Mowgli olhou-a firme nos olhos, fazendo com que a pantera desviasse a cabeça em menos de meio minuto.

— Por isto — concluiu ela. — Nem eu, que nasci entre os homens e tenho por você amor, posso sustentar a força dos seus olhos, irmãozinho. Todos aqui o odeiam porque não podem sustentar o seu olhar, porque você é engenhoso, porque sabe a arte de arrancar espinhos das nossas patas, porque é homem.

— Eu ignorava semelhante coisa — disse Mowgli com tristeza, franzindo a testa sobrancelhuda.

— O que manda a lei do jângal? Primeiro, dar o bote; depois, cantar a vitória. Pelo seu desprezo a esse mandamento, eles sabem que você é homem. Mas seja prudente! Pressinto que no dia em que Akela errar pela primeira vez o bote (e é já com esforço que ele evita isso), a alcateia inteira se voltará contra ele e contra você. O Conselho se reunirá lá na Roca e então...

Dizendo isso, Bagheera ergueu-se de um salto, excitada. E continuou:

— Vá depressa lá embaixo, na aldeia, e traga a flor vermelha que cresce em todas as casas. Assim, quando chegar o dia em que tiver necessidade de um amigo mais forte do que Bagheera ou Baloo, o encontrará na flor vermelha.

Para Bagheera, a flor vermelha significava fogo, esse elemento de que as criaturas do jângal têm medo profundo e ao qual nomeiam e descrevem de mil modos diferentes.

— A flor vermelha! — replicou Mowgli, pensativo. — A flor vermelha que cresce nas cabanas durante a noite! Sim, trarei uma muda...

— Bravo! — exclamou a pantera. — Desse modo deve falar um filhote de homem. Não se esqueça de que essa flor cresce em pequenos fogareiros. Traga-a e conserve-a em um deles, a fim de que permaneça viva até o momento necessário.

— Muito bem — disse Mowgli. — Mas você está segura, minha cara Bagheera — e isto dizendo lançou o braço em torno do pescoço esplêndido da pantera, olhando-a no fundo dos olhos —, de que todo o mal provém de Shere Khan?

— Pelo ferrolho que minha pata quebrou, tenho a certeza disso, irmãozinho.

— Então, pelo touro que foi dado em troca da minha liberdade, ajustarei contas com Shere Khan e o farei pagar um pouco mais do que deve! — concluiu Mowgli dando um salto de decisão.

— É um homem, um homem em tudo! — murmurou Bagheera consigo mesma, enquanto se deitava de novo. — Shere Khan, que mau negócio você fez há dez anos, quando tentou caçar esta rãzinha nua!

Mowgli correu pelo jângal com o coração ardendo. Alcançou a caverna dos lobos ao cair da noite e, tomando fôlego, lançou os olhos para o vale, lá embaixo. Os lobinhos estavam ausentes. Mãe Loba, entretanto, no recesso da caverna, reconheceu logo, pelo modo de Mowgli respirar, que qualquer coisa perturbava o espírito da sua rã adotiva.

— Que há, filho? — perguntou ela.

— Intrigas de Shere Khan — respondeu Mowgli, acrescentando: — Vou caçar esta noite nos arredores da aldeia — declarou e afastou-se morro abaixo, rumo ao vale.

Em certo ponto parou, ao sentir que a alcateia andava caçando por ali; percebeu o resfôlego de um sambur perseguido; ouviu depois os gritos cruéis dos lobos jovens dizendo:

— Akela! Akela! Deixemos que o Lobo Solitário mostre a sua força. Afastemo-nos todos! Deixemos que o chefe avance sozinho. Vamos! Dê o bote, Akela!

E o Lobo Solitário devia, afinal, ter errado pela primeira vez o bote, porque Mowgli ouviu um bater de dentes em seco e o grito de um gamo que derruba o seu assaltante a coice.

Mowgli não esperou mais; continuou apressado o seu caminho rumo à aldeia, enquanto ao longe os uivos e ladridos da alcateia iam se amortecendo na distância.

— Bagheera disse a verdade — murmurou o menino, ofegante, ao alcançar a primeira cabana. — O dia de amanhã vai ser decisivo para o Lobo Solitário e para mim.

Espiou por uma janela aberta. Viu fogo aceso no fogão. Esperou. Viu a dona da casa levantar-se do seu canto para ir atiçá-lo e pôr mais lenha. E, quando a madrugada veio e tudo fora se fez neblina branca e fria, viu o filho daquela mulher levantar-se, encher uma vasilha de barro com brasas para subir com ela em direção ao curral das vacas.

"É assim?", pensou Mowgli. "Se um filhote de mulher lida com a flor vermelha, então não há nada o que temer." E saindo dali foi esperar o menino mais adiante, onde pudesse arrancar-lhe das mãos a vasilha de brasas para fugir com ela.

Fez isso num relance, deixando o rapazinho berrando de susto.

— Eles são como eu — murmurou Mowgli, enquanto soprava as brasas, como tinha visto o menino fazer. — Esta "coisa" morrerá se eu não lhe der comida — murmurou depois, pondo sobre as brasas um punhado de gravetos. Na metade da subida, Bagheera veio ao seu encontro, com o reluzente lombo negro orvalhado pela neblina da manhã.

— Akela errou o bote ontem — disse a pantera. — Eles o teriam matado nessa hora, se não desejassem fazer o mesmo com você, para que ambos acabem juntos. Andaram à sua procura por todo o jângal.

— Estive na aldeia, de onde vim armado, veja! — Mowgli apresentou-lhe a panela de brasas vivas.

— Ótimo! Muitas vezes vi os homens colocarem

galhos secos sobre isso, fazendo abrirem-se grandes flores vermelhas. Você não tem medo, Mowgli?

— Não. Por que teria medo? Lembro-me agora, se não é sonho, que antes de ser lobo costumava deitar-me ao lado da flor vermelha, cujo calor é reconfortante.

Mowgli passou todo aquele dia sentado em sua caverna, lidando com as brasas, alimentando-as com galhinhos secos, para ver crescerem as chamas, e depois com galhos maiores, até que conseguiu um tição que o satisfez. À tarde apareceu Tabaqui para lhe dizer, com insolência, que o estavam esperando no Conselho da Roca. Mowgli riu-se tanto ao ouvir a notícia que Tabaqui se retirou desnorteado. E foi ainda rindo que se apresentou à reunião do Conselho.

Viu lá Akela, o Lobo Solitário, não mais sentado em cima, mas ao lado da sua pedra — sinal de que a chefia do bando estava aberta aos pretendentes. Shere Khan passeava de um lado para o outro, seguido pelos lobos bajuladores. Bagheera veio colocar-se junto de Mowgli, que tinha sobre os joelhos a panela de fogo. Quando todos se reuniram, Shere Khan tomou a palavra, coisa que jamais acontecera no tempo da chefia de Akela.

— Shere Khan não tem esse direito — cochichou Bagheera para Mowgli. — Diga-lhe isso. Chame-o de filho de cão. Vai amedrontar-se, você vai ver.

Mowgli ficou de pé.

— Povo livre — gritou ele —, então é certo que Shere Khan vai chefiar agora a alcateia? O que tem a ver um tigre com a nossa vida?

— Vendo que a chefia do bando está aberta e sendo convidado a falar... — começou o tigre. Mas foi interrompido.

— Convidado por quem? — gritou Mowgli. — Somos por acaso chacais, que vivem dos seus restos? A chefia do bando é negócio que só a nós diz respeito.

Houve uivos de: "Cale a boca, filhote de homem! Deixe-o falar! Shere Khan guarda os preceitos da nossa lei". Por fim, os lobos mais velhos urraram:

— Que fale o Lobo Morto!

Quando um chefe de bando perde pela primeira vez o bote, passa a ser chamado Lobo Morto até que lhe tirem a vida.

Akela ergueu lentamente a velha cabeça.

— Povo livre — disse ele — e também vocês, chacais de Shere Khan! Por muitas estações conduzi vocês à caça, e nunca em meu tempo nenhum caiu em armadilha nem ficou aleijado. Agora confesso que perdi meu bote, mas vocês sabem da conspiração que houve para isso. Sabem como tudo foi preparado para que eu perdesse meu bote. Foi manha bem hábil, reconheço. Têm, entretanto, o direito de me matar neste Conselho.

Assim sendo, que venha o que vai pôr termo à vida do Lobo Solitário. Pela lei do jângal, é meu direito lutar contra todos, um por um.

Houve um prolongado rosnar, pois nenhum lobo se atrevia a lutar sozinho com Akela. Shere Khan, então, urrou:

— Bah! Para que darmos atenção a este pateta sem dentes? Ele está condenado a morrer. Também o filhote de homem já viveu muito. Povo livre, lembre-se de que no começo esse filhote era meu, minha comida. Entreguem-no agora. Ando cansado de aturar suas loucuras de homem-lobo. Ele vem perturbando o jângal há dez estações. Deem-me o filhote de homem ou vou caçá-lo sem licença e não darei para vocês nem um osso sequer. É um homem, um filhote de homem e, pelo tutano dos meus ossos, eu o odeio!

Então metade do bando uivou:

— Um homem! Um homem! Que tem um homem em comum conosco? Que vá viver com os homens.

— Para que toda a aldeia se volte contra nós movida por ele? — exclamou Shere Khan. — Não! Entreguem-no. Ele é homem. Bem sabem que nenhum de nós pode sustentar o seu olhar.

Akela ergueu de novo a sua velha cabeça para dizer:

— Mowgli comeu a nossa comida. Dormiu conosco

na caverna. Caçou para nós. Jamais infringiu um preceito da nossa lei.

— Há ainda uma coisa — ajuntou Bagheera. — Paguei por ele o preço de um touro gordo, preço que foi aceito. O valor de um touro não é grande, mas a honra de Bagheera vale alguma atenção — concluiu a Pantera Negra com voz macia.

— Um touro! — rosnou o bando com desprezo. — Um touro pago há dez anos! Que valem ossos tão velhos?

— E que vale a palavra de honra? — replicou Bagheera, mostrando os dentes alvíssimos. — Bem, bem, vocês são o povo livre...

— Nenhum filhote de homem pode viver com as criaturas do jângal — urrou Shere Khan. — Entreguem-no para mim!

— Ele é nosso irmão em tudo, exceto no sangue — gritou Akela —, e ainda assim querem matá-lo! Na verdade, sinto que já vivi muito. Alguns de vocês são comedores de gado; fiquei sabendo que, instruídos por Shere Khan, vão pela calada da noite roubar crianças na aldeia. Covardes! Para covardes estou falando. Sei que preciso morrer e, embora nenhum tenha coragem de atacar-me, ofereço minha vida em troca da desse filhote de homem. Pela honra da alcateia, porém, embora honra valha pouco aqui, prometo que, se deixarem que o filhote de homem siga o seu destino, não arreganharei os dentes quando um de vocês vier tomar-me a vida. Morrerei sem lutar. Isso salvará ao bando pelo menos três vidas. Mais não posso fazer. Assim, salvarei vocês da vergonha que será matar um irmão contra o qual nada se alega de criminoso, um irmão que já foi defendido neste Conselho e cuja vida foi resgatada por preço aceito por todos, de acordo com a lei do jângal!

— Ele é um homem, um homem, um homem! — urrou a alcateia, da qual a maioria apoiava Shere Khan.

Ao ouvir isso, o tigre começou a sacudir a cauda.

— O negócio agora é com você — disse Bagheera a Mowgli. — Nada mais temos a fazer, senão lutar.

Mowgli pôs-se de pé, com a panela de fogo nas mãos. Estendeu os braços, cheio de raiva e mágoa de ter sido lobo tanto tempo e só agora haver percebido o quanto os lobos o odiavam.

— Ouçam! — gritou ele. — Basta de discussão de cachorro! Muito já me disseram esta noite para provar que sou homem (a mim que desejava ser lobo por toda a vida...), de modo que estou realmente convencido de que sou homem. E, como sou homem, não os chamarei mais de irmãos, e sim "sag" (cães), como dizem os homens. O que vão fazer ou não é com vocês. O que farei é comigo; comigo, o homem, que aqui traz uma braçada daquela flor vermelha que vocês, cães, tanto temem!

Dizendo isso, Mowgli derramou as brasas no chão, ateando chamas a um tufo de ervas secas. A flor vermelha ergueu-se violenta, em línguas vivíssimas, fazendo a alcateia recuar aterrorizada, enquanto Mowgli acendia um feixe de galhos, com o qual traçou um círculo de fogo em torno de si.

— Você está senhor da situação — murmurou Bagheera em voz baixa. — Salve Akela da morte. Foi sempre seu amigo.

Akela, o severo lobo que jamais pedira um favor, lançou um olhar de indizível expressão ao menino do jângal, ao rapazinho nu, de cabelos caídos sobre os ombros, cuja sombra, criada pelas chamas, dançava no chão.

— Bem — gritou Mowgli correndo os olhos em torno —, vejo mesmo que são cães. E, como são cães, vou para a minha gente. O jângal ficará fechado para mim; esquecerei a sua língua e a sua companhia de tantos anos. Serei, porém, mais generoso do que vocês são. Porque fui durante dez anos vosso irmão em tudo menos no sangue, prometo que, quando me tornar um homem entre os homens, não trairei vocês perante eles, como me traíram aqui no jângal.

E com estas palavras Mowgli esparramou o fogo com o pé, fazendo subir ao céu um repuxo de faíscas.

— Não haverá guerras entre a minha gente e a

alcateia, mas há uma dívida a ser paga antes que eu parta — gritou dirigindo-se para o lado de Shere Khan, que olhava estupidamente para as chamas.

Mowgli avançou para ele corajosamente, agarrou-o pela barba (Bagheera o seguia de perto para o que desse e viesse) e disse:

— Levante-se, cão! Quando um homem fala, os cães se levantam; levante antes que eu faça a flor vermelha crescer em seu focinho!

Shere Khan derrubou as orelhas e fechou os olhos cegado pelo facho de luz da acha que Mowgli carregava.

— Esse comedor de bezerros andou dizendo que ia matar-me no Conselho por não ter podido comer-me quando eu era uma criancinha indefesa. Mas nós, homens, sabemos como bater nos cães. Abra essa goela, Lungri, para que eu meta esse tição pela sua garganta adentro! — berrou o menino, dando com o fogo na cabeça do tigre, que saltou de lado, tonto de medo e dor. — Bah! Vá embora, gato fingido! Mas lembre-se de que na próxima reunião do Conselho, quando eu aqui vier ainda mais homem do que já sou, trarei sua pele sobre minha cabeça. Quanto aos demais, que Akela permaneça livre e que viva como quiser. Ninguém o matará porque eu não quero, estão ouvindo? Não quero! E agora ninguém mais fica aqui sentado, de língua de fora, como se fossem todos grandes personagens. Vocês não passam de cães que eu toco assim: passe fora, cambada! Depressa! Chispe!

E, como o tição estava no máximo da combustão, Mowgli o girou violentamente em redor, dando com ele à direita e à esquerda, fazendo os lobos sumirem aos uivos, com o pelo chamuscado. Apenas permaneceram uns dez, que haviam tomado o seu partido, além de Akela e Bagheera. Mas neste momento uma coisa esquisita assaltou o coração do menino do jângal. Vieram-lhe soluços de desespero, ao mesmo tempo em que grossas lágrimas lhe brotavam dos olhos.

— Que será isso? — exclamou, compreendendo mal o seu estado de ânimo. — Não quero, sinto que não quero deixar o jângal. Que eu tenho? Estarei morrendo, Bagheera?

— Não, irmãozinho. Você está apenas chorando pela primeira vez, uma coisa que só os homens costumam fazer. Vejo nisso que você já é homem, não apenas filhote de homem. O jângal está realmente fechado para você, de agora por diante. Deixe que as lágrimas caiam, Mowgli. Chore, chore...

E Mowgli chorou. Sentou-se e chorou, como se seu coração fosse arrebentar, ele que jamais havia chorado em toda a sua vidinha.

— Sim, irei para o meio dos homens, agora. Mas tenho antes de dizer adeus à minha mãe — murmurou, dirigindo-se para a caverna onde Mãe Loba morava com Pai Lobo. Lá chorou novamente, abraçado ao corpo peludo da que o criara, enquanto quatro lobinhos novos lhe uivavam ao lado, de tristeza.

— Não me esquecerão nunca? — soluçou Mowgli.

— Nunca, enquanto pudermos seguir um rastro — responderam os lobinhos. — Mas apareça no sopé da montanha, de vez em quando. Lá estaremos para brincar com você.

— Volte logo — disse Mãe Loba, olhando enternecida para aquele estranho filho nu. — E jamais se esqueça de que eu o amei ainda mais do que aos meus próprios lobinhos.

— Virei, sim — respondeu Mowgli —, e um dia aparecerei de novo no Conselho envolto na pele de Shere Khan. Não se esqueça de mim, mãe. Diga para todos no jângal que jamais se esqueçam de mim...

A manhã ia rompendo quando Mowgli deixou a montanha, sozinho, rumo à aldeia, onde moravam as misteriosas criaturas chamadas homens.

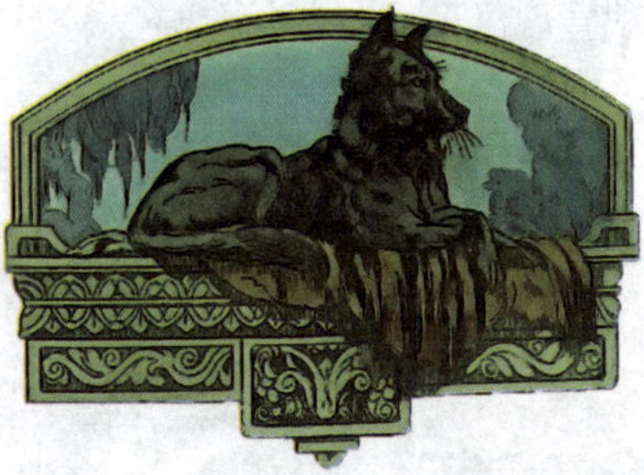

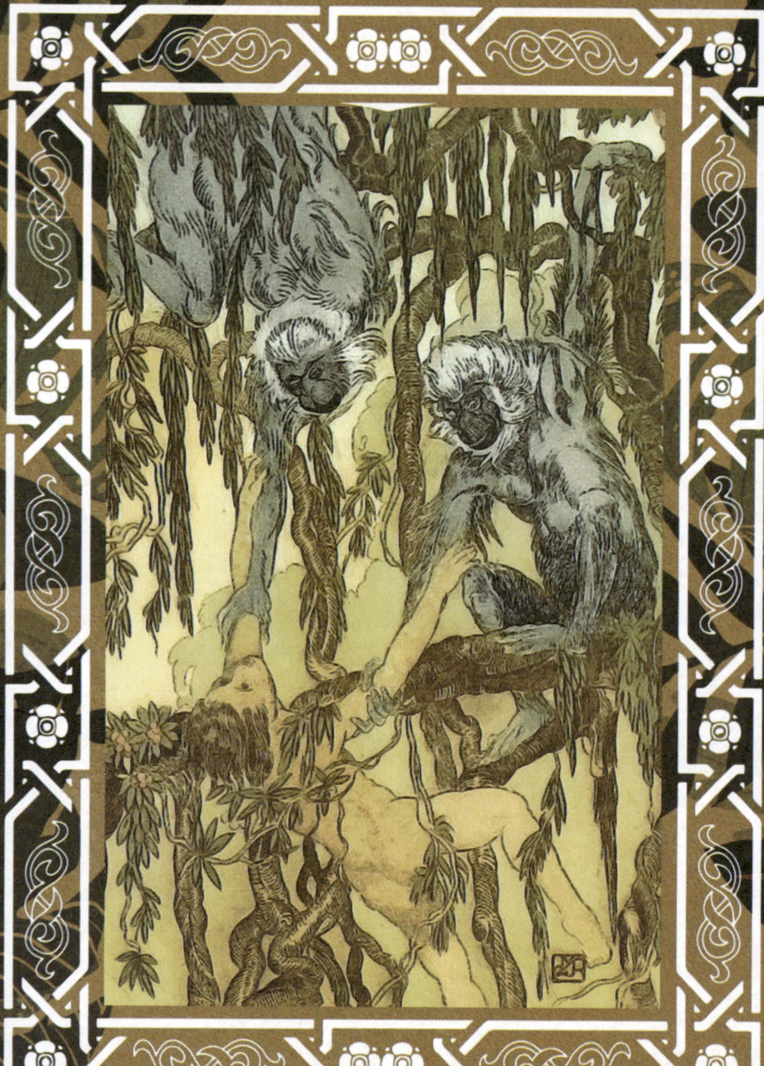

CAPÍTULO II

AS CAÇADAS DE KAA

O que se vai contar aqui sucedeu algum tempo antes da ida de Mowgli para entre os homens, bem antes da vingança que o menino-lobo jurou contra Shere Khan. Passou-se quando Baloo andava ensinando ao filhote de homem a lei do jângal. Esse corpulento, grave e idoso urso pardo estava encantado com a inteligência do seu discípulo, porque os outros, os lobinhos, só aprendiam a lei na parte que dizia respeito à vida das alcateias. Abandonavam o mestre logo que podiam repetir os versos do caçador: "Pés que não fazem barulho, ouvidos que apanham a voz dos ventos ainda em suas cavernas, olhos que enxergam no escuro e dentes bem brancos constituem a marca dos nossos irmãos, de todos os nossos irmãos, exceto Tabaqui, o chacal, e também a hiena, que odiamos".

Mowgli, porém, como filhote de homem que era, tinha de aprender muito mais. Às vezes Bagheera vinha de manso por entre os arbustos para ver como o seu favorito ia de lições e ficava com a cabeça recostada em um tronco ouvindo-o repeti-las. O menino do jângal já subia em árvores tão bem como nadava nas lagoas e nadava tão bem como corria pela floresta. Por isso Baloo estava lhe ensinando a lei das águas e a lei das árvores — como, de cima de um galho vivo, adivinhar um galho morto adiante; como falar polidamente para uma colmeia 15 metros acima do chão; o que dizer a Mang, o Morcego, ao ter de incomodá-lo em seu galho, em pleno esplendor do sol; como avisar as serpentes aquáticas quando se vai dar um mergulho na lagoa. Nenhuma das criaturas do jângal gosta de ser perturbada nem de ser forçada a fugir com o súbito aparecimento de um intruso. Por isso também lhe foi ensinado o grito do caçador forasteiro, que tem de ser repetido até que venha resposta, sempre que uma criatura quer caçar fora de sua zona. Esse grito é assim: "Licença para caçar aqui, que estou com fome". E a resposta: "Cace, mas só para matar a fome, não por prazer".

Esses exemplos mostram o quanto Mowgli tinha de aprender de cor coisas que o cansavam pelo grande número de vezes que tinha de repeti-las.

— Mas — disse Baloo a Bagheera, certa vez em

que na presença da pantera deu alguns tapas no menino desatento — um filhote de homem é um filhote de homem e, portanto, tem de aprender toda a lei do jângal.

— Lembre-se de que ele é ainda muito pequenino — advertiu Bagheera, que o teria estragado de mimos se fosse a sua professora. — Como poderá essa coisinha guardar tantas lições na cabeça?

— O tamanho dele por acaso evita que seja morto? Claro que não. Por isso lhe ensino tanta coisa para se defender, bato nele, sem machucá-lo, quando se mostra desatento.

— Sem o machucar! Que sabe você de delicadeza, seu pata de ferro? — grunhiu Bagheera. — Não vê que a carinha dele está toda arranhada, toda marcada com as cicatrizes da sua delicadeza de urso? Ora!

— Melhor ser marcado da cabeça aos pés por mim, que o amo, do que ficar com a pele linda, mas ignorante da defesa — respondeu Baloo vivamente. — Agora estou lhe ensinando as palavras-mestras do jângal, que vão protegê-lo das aves e do povo serpentino. Breve poderá defender-se de todo o jângal apenas repetindo as palavras que lhe ensinei. Não vale alguns tapas essa segurança?

— Bem, mas cuidado para não o ensinar demais, matando-o. Ele não é tronco de árvore onde você exercita suas patas. E que palavras são essas? Não necessito delas, você sabe, pois sou feita para ajudar a mim mesma e ainda ajudar os outros, nunca para pedir ajuda — disse Bagheera, espichando elasticamente as patas e olhando com orgulho para as garras de aço azul, cortantes como o formão. — Apesar disso, gostaria de conhecê-las.

— Chamarei Mowgli para que as diga, se ele quiser. Venha aqui, irmãozinho! — gritou o urso.

— Minha cabeça está zoando como uma árvore cheia de abelhas — murmurou por cima dos dois animais a voz queixosa de Mowgli, que vinha escorregando árvore abaixo, colérico e indignado.

Ao pôr o pé em terra, acrescentou:

— Vim por Bagheera, não por você, Baloo rabugento.

— Sua raiva não me ofende, já que está magoado e dolorido por causa de alguns tapas justos que lhe dei. Vamos. Diga para Bagheera as palavras-mestras do jângal, que estou lhe ensinando estes dias.

— Palavras-mestras de que povo? — indagou Mowgli, deleitado de exibir seus conhecimentos. — O jângal possui muitas linguagens, que conheço todas.

— Conhece um pouquinho, não todas. Vê, Bagheera, ele jamais agradece ao mestre. Também nenhum dos lobinhos ainda voltou para agradecer-me pelos ensinamentos. Vamos. Diga as palavras do povo caçador, grande aluno!

— Somos do mesmo sangue, vocês e eu — repetiu Mowgli, dando, como o urso lhe ensinara, o acento exato às palavras usadas pelo povo caçador.

— Bem. Agora as palavras-mestras das aves.

Mowgli repetiu-as, com o grasnido de Chil, o Abutre, no fim da sentença.

— Agora as palavras do povo serpentino — pediu Bagheera.

A resposta foi um indescritível assobio ou silvo, tão bem imitado que o próprio Mowgli bateu as mãos para aplaudir-se, saltando em seguida sobre o dorso elástico da pantera e esporeando-a com os calcanhares, enquanto fazia para Baloo as mais horríveis caretas.

— Aí está! Esses modos justificam os meus tapas — disse o urso com ternura. — Um dia você ainda vai agradecer-me por isso.

E, voltando-se para Bagheera, contou como aprendera as palavras-mestras com Hathi, o Elefante Selvagem, que as conhecia todas melhor do que ninguém. Contou ainda como Hathi havia levado Mowgli a uma lagoa para que aprendesse as palavras-mestras das serpentes da própria boca das cobras-d'água, visto que ele, Baloo, não conseguia pronunciá-las com absoluta correção. Em consequência, Mowgli agora estava a salvo de todos os acidentes possíveis no jângal, porque nem as cobras, nem aves, nem animais de pelo poderiam fazer-lhe mal.

— Não tem de temer nenhum — concluiu Baloo, orgulhosamente.

— Exceto a tribo dos lobos — murmurou Bagheera a meia-voz. Depois, alto, para Mowgli, disse: — Tenha dó das minhas costelas, irmãozinho. Que dança é essa aí em cima?

Mowgli estava puxando com violência o pelo do pescoço da pantera e a esporeava com quanta força tinha, para que desse atenção ao que iria dizer. Quando viu que estava atenta, assim como Baloo, berrou a plenos pulmões:

— Nesse caso, terei minha própria tribo, que guiarei o dia inteiro pelo jângal.

— Que nova loucura é essa, sonhador de sonhos? — indagou Bagheera.

— Sim, e havemos, do alto das árvores, de jogar ramos e nozes sobre este urso velho — continuou Mowgli. — Eles prometeram-me isso.

Plaf! A grossa pata de Baloo colheu o menino de cima do dorso da pantera num relâmpago. Seguro entre seus braços peludos, Mowgli percebeu que o urso estava bravo.

— Mowgli, você esteve conversando com os bandar-log, o povo macaco? — perguntou Baloo.

O menino olhou para Bagheera para ver se também

estava brava. Os olhos que encontrou tinham a dureza do jade.

— Você esteve com os macacos? Com os macacos cinzentos, o povo sem lei, os comedores de tudo? Que vergonha!

— Quando Baloo machucou minha cabeça — respondeu Mowgli, ainda na mesma posição — saí pelo jângal e fui para muito longe. Os macacos cinzentos, em certo ponto, desceram das árvores, cheios de piedade por mim. Só eles tiveram dó de mim...

— O piedoso povo macaco! — exclamou Baloo, com ironia. — Isso vale o mesmo que dizer o silêncio da cachoeira, o frescor do fogo... E depois, filhote de homem?

— Depois... depois me deram castanhas e mais coisas gostosas e... carregaram-me nos braços ao topo das árvores, onde declararam ser meus irmãos em tudo, menos na cauda, que eles têm e eu não, e disseram ainda que eu seria um grande chefe para os macacos.

— Os macacos não têm chefe — rosnou Bagheera. — Mentiram. Mentem sempre.

— Foram muito bondosos comigo — prosseguiu Mowgli —, chegaram a pedir que eu voltasse de novo. Digam-me: por que nunca me levaram para o meio desse povo? Eles sabem andar de pé, como eu. Não me maltratam. Brincam o dia todo. Largue-me, Baloo!

Deixe-me ficar de pé, urso malvado! Quero e hei de visitar os macacos outra vez...

— Ouça, filhote de homem — urrou o urso, com voz de trovão. — Ensinei-lhe a lei do jângal no que diz respeito a todos os animais, menos aos macacos, que moram em árvores. Eles não têm lei. São proscritos. Não têm linguagem. Usam palavras furtadas aqui e ali, pois vivem espiando e escutando de cima dos galhos o que nós dizemos aqui embaixo. Seus costumes não são os nossos. Não possuem chefes. Também não guardam memória de nada. Gabam-se e tagarelam sem parar, pretendendo ser um grande povo prestes a iniciar grandes coisas no jângal. Mas, assim que uma noz cai da árvore, põem-se a rir e esquecem-se de tudo. Nós, no jângal, não temos nenhum entendimento com esse povo. Não bebemos onde eles bebem; não andamos por onde eles andam; não caçamos onde eles caçam; não morremos onde eles morrem. Você já me ouviu, por acaso, falar neles algum dia?

— Nunca — respondeu Mowgli, num murmúrio que soou nítido no silêncio em que o trovejar de Baloo deixara o jângal.

— O povo do jângal os baniu da sua boca e do seu pensamento. Eles são numerosíssimos, maus, sujos, sem brio e têm o desejo único de serem vistos e admirados por nós. Mas não nos importamos com eles nunca, nem mesmo quando jogam nozes ou porcarias sobre nossas cabeças.

Mal Baloo acabara de pronunciar essas palavras, uma chuva de nozes e galhos secos caiu sobre eles, vinda de cima das árvores próximas, acompanhada de um rumor muito conhecido de saltos, guinchos, uivos e tossidas.

— O povo macaco não existe para o povo do jângal. Lembre-se sempre, Mowgli.

— Não existe — confirmou Bagheera. — Mas julguei que Baloo já houvesse avisado Mowgli disso.

— Eu? Eu? Como poderia adivinhar que ele iria meter-se com a sujidade? Macacos! Bah!

A chuva de nozes e galhos continuou, fazendo com que o urso e a pantera fossem embora dali e levassem Mowgli consigo. O que Baloo dissera dos macacos correspondia à realidade. Vivem no alto das árvores e, como os animais do jângal raramente olham para cima, não há nunca oportunidade de trato com eles. Mas, quando os macacos encontram um lobo, um tigre ou um urso ferido, metem-se logo a atormentá-lo, bem como se divertem em atirar nozes e galhos secos contra todos os animais que lhes passam ao alcance — por brincadeira, para serem notados. E se não são notados, soltando guinchos sem sentido, convidam o povo do jângal para subir nas árvores e lutar com eles ou então se empenham em terríveis combates entre si por questões ridículas, deixando os mortos em lugar onde possam ser vistos. Estão sempre prestes a ter um chefe, e leis, e costumes, mas nunca chega a hora, porque sua memória, muito débil, jamais guarda uma informação de um dia para outro. Por isso se justificam com um dito que criaram: "O que os bandar-log pensam hoje, todo o jângal pensará um dia", ideia que muito os consola. Nenhum animal consegue apanhá-los; também nenhum lhes dá a mínima atenção; daí ficarem tão agradados quando Mowgli foi procurá-los e tão furiosos ao ouvirem a reprimenda de Baloo.

Eles não queriam fazer coisa nenhuma. Os bandar-log não fazem nada. Mas um surgiu com o que lhe pareceu uma grande ideia e disse aos outros que Mowgli poderia ser útil ao bando, visto como sabia tecer esteiras de vime, boas para a proteção contra os ventos. Assim, se pudessem apanhá-lo, poderiam aprender essa arte com ele. Como filho de lenhadores, Mowgli herdara várias habilidades e tecia esteiras sem nunca pensar como essa arte lhe viera. Os bandar-log, sempre à espreita no alto das árvores, tinham observado isso, achando a coisa maravilhosa. Daí a ideia de pô-lo como chefe do bando, de modo que se tornassem o primeiro povo do jângal admirado por todos e de todos invejado. Enquanto seguiam Baloo e Bagheera pelo alto das árvores, ocultamente, com um plano secreto, chegou a hora da sesta, e Mowgli, envergonhado com o que havia feito, não se aproveitou do sono dos seus amigos para ir ter com os bandar-log. Ficou também por ali, acomodado entre as patas da pantera e do urso, firmemente resolvido a nunca mais se meter com o povo macaco.

Súbito, o menino acordou agarrado nos braços e pernas por pequenas munhecas ásperas, ao mesmo tempo em que sobre sua cabeça as ramagens eram sacudidas violentamente. Baloo, também despertado, atroou o jângal com o seu urro agudo, ao passo que Bagheera, de dentes arreganhados, se projetava num salto elástico sobre o tronco da árvore próxima. Os bandar-log guincharam de triunfo enquanto sumiam galhos acima, fora do alcance da pantera.

— Eles nos viram! — gritavam num delírio de contentamento. — Bagheera nos viu! Todo o povo do jângal nos admira pela nossa habilidade e engenho!

Depois principiaram a lutar entre si nos galhos, coisa que ninguém descreve. Os macacos possuem seus caminhos e encruzilhadas por cima das árvores, podendo por eles caminhar até de noite e assim atravessar montanhas e vales. Dois dos mais fortes, com Mowgli nos braços, passavam de árvore em árvore, aos pulos de cinco a seis metros. Sem tal carga poderiam saltar o dobro. Assustado como se achava, Mowgli nem conseguiu gozar aquela selvagem corrida aos pulos. Além disso, a visão, aqui e ali, do solo onde ficaram Baloo e Bagheera o aterrorizava, como também o aterrorizava, ao fim de cada pulo, ver-se sustentado apenas por um galho, que cedia ao peso dos raptores.

A escolta que o conduzia era habilíssima em levá-lo ao mais alto das copas; nesses momentos, rápidos como o relâmpago, os macacos atiravam-se numa direção ou noutra, para se agarrarem aos galhos mais grossos das árvores próximas. Por vezes Mowgli tinha oportunidade de ver de relance a massa verde do jângal num raio de muitas léguas, como o marujo do alto do mastro vê léguas e léguas de mar em torno do seu navio. Tais visões eram rápidas; os raptores logo o puxavam e o mergulhavam no seio escuro das copas, cuja ramagem lhe chibatava as faces, de raspão. Desse modo — saltando e escorregando, guinchando e berrando — a tribo inteira dos Bandar-log seguia pela estrada verde com o precioso prisioneiro nas unhas.

Por vezes Mowgli receou cair ou ser largado por aquelas munhecas; nesses momentos vinham-lhe coléricos ímpetos de lutar. Vendo, porém, que era inútil lutar, pôs-se a refletir. A primeira coisa a fazer seria comunicar-se com Baloo e Bagheera, porque, na velocidade com que os macacos o conduziam, aqueles amigos estavam se distanciando cada vez mais.

Olhar para baixo, inútil: só enxergava galhos e mais

galhos. Olhar para cima, sim, talvez nisso estivesse a salvação. Acertou. Logo que ergueu os olhos para o céu, viu, muito alto, um ponto que se movia no azul. Era Chil, o Abutre, descrevendo círculos no ar para descobrir presas mortas na floresta que se estendia embaixo. Chil percebeu que os macacos estavam conduzindo qualquer coisa e logo desceu das alturas algumas centenas de metros, a fim de verificar se a carga era algo bom de comer. Soltou um pio de surpresa quando percebeu Mowgli, num dos momentos em que era lançado de uma árvore para outra, e lhe ouviu as palavras-mestras dos abutres, gritadas em tom agudo: "Somos do mesmo sangue, eu e você!"

Mas a onda verde das copas se fechou rápido, tirando o menino das vistas de Chil, que, cheio de curiosidade, voou para uma árvore adiante, de onde pudesse avistar Mowgli outra vez.

— Marque a direção para onde me levam e avise para Bagheera e Baloo — gritou o menino, ao passar por aquela árvore.

— Em nome de quem? — indagou Chil, que só conhecia Mowgli de nome e feitos.

— Em nome de Mowgli, a Rã, ou do filhote de homem, como muitos me chamam. Marque a direção.

Estas últimas palavras mal foram ouvidas por

coincidirem com um novo mergulho na galharada, mas Chil fez que sim e ergueu-se no céu até tornar-se de novo um ponto quase imperceptível. Lá de cima, firmou o telescópio dos olhos sobre o mar de copas, a fim de bem observar, pelo movimento de folhas e galhos, a trilha que os macacos seguiam.

— Eles nunca se afastam para muito longe — murmurou consigo Chil. — Nunca fazem o que combinam ou pretendem fazer. Distraem-se pelo caminho. Se não me iludo, devem estar neste momento em disputa sobre qualquer coisa sem importância.

E Chil continuou observando, flutuando, de pés encolhidos, equilibrando-se com lentos impulsos de asas.

Longe dali, Baloo e Bagheera ardiam em cólera. A pantera trepara tão alto em uma árvore que perdera o equilíbrio e viera ao chão com as garras cheias de fragmentos de casca.

— Por que você não ensinou tudo, tudo ao filhote de homem? — gritou ela furiosa para o pobre Baloo, que marchava aceleradamente, com esperança de alcançar os raptores. — De que adiantou tanto tapa, se não lhe deu todas as lições necessárias?

— Depressa, mais depressa — respondeu Baloo, ofegante. — Nós... nós ainda poderemos alcançá-los.

— Nesse passo? Nesse passo não alcançaríamos

sequer uma vaca ferida. Mestre da lei do jângal, carrasco do filhote de homem, um quilômetro mais nesse seu trote o deixará exausto. Pare e medite. Estudaremos um plano. Eles são capazes de soltá-lo do alto das árvores se os seguirmos muito de perto.

— Ai de mim! Talvez já tenham feito isso, por estarem cansados de carregá-lo. Quem pode fiar-se nos bandar-log? Morcegos mortos chovam sobre minha cabeça! Venham ossos negros para minha comida! Lancem-me dentro de uma colmeia de abelhas selvagens, para que eu seja morto a ferroadas, e enterrem-me como a hiena, visto que sou o mais desgraçado de todos os ursos! Ai de mim, Mowgli! Mowgli! Por que não preveni você contra o povo macaco, em vez de punir você por coisas insignificantes?

Baloo castigava-se com taponas na cara e rolava no chão, uivando de dor.

— Ele sabe todas as palavras que você lhe ensinou; pelo menos as repetiu para mim ainda há pouco — disse Bagheera, com impaciência. — Baloo, que modos são esses? Mais respeito por si próprio! Que pensaria o jângal se eu, Bagheera, rolasse no chão como Ikki, o Porco-Espinho, e uivasse como você está fazendo?

— Que me importa o que o jângal pensa? Mowgli, o meu Mowgli, pode estar morto a estas horas...

— A não ser que o derrubem do alto das árvores ou o matem por diversão, nada receio pelo filhote de homem. Mowgli é manhoso e está bem instruído, além de que possui olhos que fazem inveja a todas as criaturas. Mas, e é esse o grande perigo, está em poder dos bandar-log e, como eles vivem nas árvores, nenhum outro animal do jângal os intimida.

Bagheera pôs-se a lamber uma das patas, pensativamente.

— Louco que fui! — continuou Baloo, erguendo-se do chão. — Louco peludo! Louco dos loucos! É verdade que Hathi, o Elefante Selvagem, costuma dizer: "Cada qual tem o seu medo". Os bandar-log têm medo de Kaa, a Serpente. Kaa sabe subir até o alto onde eles sobem e costuma furtar seus filhotes durante a noite. O nome de Kaa os gela de terror. Vamos procurar Kaa.

— O que ela poderá fazer por nós? Não pertence à nossa raça, pois não tem pés e possui aqueles olhos tão maus — sugeriu Bagheera.

— Kaa possui a habilidade e a experiência das criaturas muito velhas. Além disso, vive sempre com fome — disse Baloo animado de esperanças. — Vamos prometer-lhe cabritos, muitos cabritos.

— Kaa dorme por quatro semanas cada vez que se alimenta. Pode estar dormindo agora e, ainda que não esteja, ela sabe caçar por si mesma quantos cabritos queira.

A pantera não conhecia muita coisa a respeito dos costumes de Kaa e, portanto, estava incrédula.

— Nesse caso, você e eu, velhos caçadores que somos, vamos forçá-la a agir — aventurou Baloo, seguindo com a pantera em direção à moradia de Kaa, a Serpente da Rocha.

Encontraram-na estirada ao sol, admirando o seu vestuário novo, pois havia terminado o retiro durante o qual muda de pele. Mostrava-se esplêndida de vigor. Por seis metros o seu corpo desenhava no chão nós e curvas fantásticas, enquanto a língua, muito viva, lambia os lábios do focinho chato, como se estivesse pensando no próximo jantar.

— Nada comeu ainda — disse Baloo, num suspiro de alívio. — Cuidado, Bagheera! Kaa fica um tanto cega sempre que muda de pele e compensa isso com a rapidez dos botes.

Kaa não era uma serpente venenosa, chegando mesmo a desprezar, como covardes, as que eram. Sua força residia nos músculos. Quando enleava alguma presa, tornava inútil qualquer resistência.

— Boas caçadas! — saudou Baloo, sentando-se defronte dela.

Como todas as cobras, Kaa era dura de ouvidos. Por isso, ao ouvir a saudação de Baloo, enleou-se para o bote de defesa, sinal de que não ouvira claramente. Logo depois, compreendendo o que era, respondeu:

— Boa caçada para todos nós. Baloo, que novidade traz você aqui? Boa caçada, Bagheera! Um de nós, pelo menos, está com fome. Sabem de alguma presa ao nosso alcance? Algum veado ou, pelo menos, algum cabrito? Sinto-me vazia qual poço seco.

— Estamos caçando — disse Baloo, com voz amável e sem pressa, pois sabia que não se deve excitar os animais grandes.

— Permitam que eu vá com vocês — disse Kaa. — Um tapa a mais de Bagheera ou Baloo nada custa, enquanto que eu tenho de esperar às vezes dias num atalho do jângal para apanhar um veado ou trepar em muitas árvores para pegar um macaco. Desagradável, isso. Os galhos não são hoje o que eram na minha mocidade. Secos e podres, todos eles...

— Talvez seu grande peso de agora explique essa diferença — sugeriu Baloo.

— Estou com um belo comprimento, não há dúvida — disse Kaa com certo orgulho. — Mas a culpa é dos galhos de hoje em dia, muito fracos. Em minha última caçada quase caí, e o ruído da escorregadela despertou os bandar-log, que me lançaram no rosto os piores nomes.

— Sem pés... minhoca amarela... — murmurou

Bagheera, que sabia quais os insultos com que os macacos insultam as cobras.

— Ssss! — chiou Kaa. — Disseram isso de mim?

— E coisas ainda piores disseram a quem os quisesse ouvir, na lua passada. Mas ninguém os aplaude. Eles não cessam de dizer coisas sobre você, chegaram a inventar que você é uma serpente desdentada, incapaz de atacar presa maior do que um cabrito novo, e sabe por quê? São uns cínicos, esses macacos! Porque, dizem, você tem grande medo do chifre dos bodes — concluiu a pantera jeitosamente.

Uma serpente, sobretudo uma velha serpente da espécie de Kaa, raro se mostra colérica. Baloo e Bagheera, porém, puderam notar-lhe um movimento significativo dos músculos queixais.

— Os bandar-log mudaram-se para aqui perto — disse com disfarçada indiferença a cobra. — Quando vim hoje espichar-me ao sol, ouvi-os em gritaria nas árvores próximas.

— São... são esses os macacos que estamos seguindo — disse Baloo com repugnância, porque era a primeira vez que uma criatura do jângal assim confessava interesse por macacos.

Compreendendo isso, Kaa observou:

— Alguma coisa eles fizeram, para terem à sua cola

dois caçadores desse porte, caçadores-mestres! Então vocês estão na pista deles, valentes caçadores?

— Nada sou — respondeu Baloo, com modéstia — além de um velho e às vezes caduco professor da lei do jângal, e aqui a amiga Bagheera...

— Bagheera é Bagheera! — interveio a pantera, batendo firme os dentes, já que não entendia de humildades. — O caso é esse, Kaa. Os comedores de nozes raptaram o nosso filhote de homem, que talvez você conheça de fama.

— Ouvi de Ikki alguma coisa sobre um filhote de homem sendo criado por certo bando de lobos de Seoni. Mas não acreditei. Ikki vive cheio de histórias mal ouvidas e pior contadas.

— Essa é verdadeira. Trata-se de um filhote de homem como jamais existiu igual — disse Baloo. — O mais vivo e intrépido de todos os filhotes de homem, meu discípulo e discípulo que fará o nome do velho Baloo famoso em todo o jângal. Além disso, eu... nós o adoramos, Kaa.

— Tss! Tss! — silvou a serpente, movendo a cabeça chata da esquerda para a direita. — Também sei quem o adora. Ouvi histórias que poderei repetir...

— Vamos deixar as histórias para uma noite de lua em que estivermos de papo cheio e com uma boa disposição — interrompeu Bagheera vivamente. — Nosso filhote está nas munhecas dos macacos, que, de todas as criaturas do jângal, só temem a você, Kaa.

— Temem a mim só — confirmou Kaa — e com justo motivo. Barulhentos, doidos, mesquinhos! Mesquinhos, doidos e barulhentos: eis o que são os bandar-log. Um filhote de homem em semelhante companhia está mal. Bastante perigoso. Eles cansam-se das nozes que colhem e jogam-nas por terra. Carregam um ramo o dia inteiro, como se tivessem algo de muito importante a fazer, e súbito o picam em mil pedaços. Não considero invejável a sorte desse filhote de homem. Insultaram-me de minhoca amarela, não é?

— Sim, minhoca amarela, além de coisas que não posso dizer, de vergonha.

— Precisamos ensiná-los a ter melhor língua. Ora! Precisamos ajudá-los a se educarem. E para onde conduziram esse filhote?

— Só o jângal sabe. Para o poente, creio — informou Baloo. — Julgávamos que você soubesse, Kaa.

— Eu? Como? Eu os apanho quando os encontro em meu caminho, mas jamais os procuro.

— Upa, upa, upa! Eia, eia, eia! Levante os olhos, Baloo da alcateia de Seoni!

Baloo ergueu a cabeça e viu que Chil, o Abutre,

descia do alto, com o sol a lhe brilhar nas asas. Apesar do avançado do dia, Chil tinha percorrido grande área da floresta à procura do urso.

— Que há? — indagou Baloo.

— Vi Mowgli entre os bandar-log. Pediu-me que avisasse seus amigos. Os macacos o levaram para além do rio, para as Tocas Frias, na Cidade Perdida. Ficarão lá por um dia, por dez dias ou por uma hora. Pedi a Mang, o Morcego, que os espionasse à noite. É o que tenho a dizer. Boa caçada para todos vocês aí embaixo!

— Papo cheio e bom sono pra você, Chil! — gritou Bagheera. — Vou me lembrar desse serviço em minha próxima caçada e deixarei de lado a cabeça para você, amigo!

— Não seja por isso. O filhote de homem gritou-me a palavra certa e eu não podia deixar de fazer o que fiz — explicou Chil, desaparecendo rumo ao seu pouso.

— Mowgli não esqueceu as minhas lições! — exclamou Baloo com orgulho. — Imagine-se isso! Uma criança, e pode lembrar-se das palavras-mestras das aves num momento difícil!

— Sinto-me também orgulhosa dele — ajuntou Bagheera. — Mas vamos às Tocas Frias, é tempo.

Os três sabiam onde elas ficavam, embora poucos habitantes do jângal as frequentassem, porque os animais fogem dos lugares onde o homem já morou. Apenas porcos-do-mato e macacos são vistos em lugares assim. Os outros, só em tempo de seca. Nessas cidades em ruína sempre se acumula alguma água nos reservatórios semidestruídos.

— Fica a seis horas de jornada daqui — informou Bagheera. — Seis horas na corrida máxima — especificou.

Baloo, muito sério, disse que as acompanharia o mais rápido que pudesse.

— Não podemos esperar por você, Baloo. Eu e Kaa iremos na frente, você nos segue.

— Sem pés como sou, locomovo-me rapidamente como qualquer quadrúpede — disse Kaa simplesmente.

Baloo fez grande esforço para acompanhá-las, mas, como tinha de ir parando para tomar fôlego, atrasou-se. Bagheera ia na frente, ligeira como todas as panteras, e Kaa, sem dizer nada, fazia o máximo, seguindo-a de perto. Ao chegarem a um rio, Bagheera saltou e deixou Kaa para trás, transpondo-o a nado. Em terra firme, porém, a cobra de novo alcançou a pantera.

— Pelo ferrolho que eu quebrei! — exclamou Bagheera quando a viu na sua cola. — Você é de fato ligeira, Kaa!

— Estou com fome! — explicou a serpente. — Além do que, eles me chamaram de rã amarela.

— Pior. Minhoca amarela. Verme. Verme amarelo...

— Dá na mesma. Vamos! — E Kaa projetou-se ainda com mais ímpeto pelo meio das ervas.

O povo macaco estava descauteloso na Cidade Perdida, sem um pensamento sequer para os amigos de Mowgli. Haviam metido o rapazinho dentro da cidade, que mostravam com grande orgulho. Mowgli jamais vira uma cidade indiana e, conquanto não passasse aquela de um amontoado de ruínas, pareceu-lhe magnificente. Lá estava a rua de pedra que conduzia às portas exteriores, aos portões arruinados onde se viam ainda pedaços de madeira presos a dobradiças enferrujadas. Árvores haviam crescido dentro e fora dos muros das casas, reduzidas a montes de pedras soltas. Tufos de plantas trepadeiras escorriam das janelas das torres, como à procura do solo.

Grande palácio sem teto coroava uma elevação; suas fontes e pátios mal indicavam o que havia sido, tanto o mármore de que eram feitos estava sujo das manchas verdes e vermelhas dos musgos invasores. Os grandes pilares da estrebaria dos elefantes desequilibravam-se, com os blocos deslocados pelas raízes das figueiras bravas. Desse palácio o observador podia ver filas e filas de casas sem teto, que tinham em conjunto, vistas do alto, a aparência de favos, vazios de mel e cheios de escuridão. O bloco informe de pedra que fora o ídolo da praça onde quatro ruas desembocavam; o esburacado das esquinas onde existiam chafarizes públicos; os domos semidestruídos dos templos de cujas brechas irrompia a copa das figueiras — tudo aquilo espantava Mowgli. Chamavam os macacos, àquela cidade, sua cidade e, em consequência, desprezavam os demais habitantes do jângal, que não podiam desfrutar semelhantes ruínas. Todavia ignoravam para que tinham sido feitas aquelas construções. Sentavam-se em círculo no átrio do palácio, onde o rei costumava reunir o Conselho de Estado para catar pulgas, como se essa fosse a função dos conselheiros de Estado. Ou então entravam e saíam das casas sem teto, juntando pedaços de tijolo ou telha, que guardavam nos cantos; depois, esquecidos dos guardados, lutavam em grande confusão, para logo em seguida irem brincar nos balcões do rei. Lá sacudiam roseiras e árvores de fruta para ver flores e frutas virem abaixo. Exploravam todos os corredores e túneis escuros do palácio e os inúmeros cômodos e celas sem luz, sem jamais conservarem a memória do que viam. O tempo era todo despendido assim, em micagens e agitação estéril, convencidos de que estavam fazendo o que os homens fazem.

Quando bebiam nos tanques, deixavam a água lodosa, de tanto agitá-la. Empenhavam-se em brigas nos relvados e, de repente, corriam para reunir-se perto dali para gritar bem alto:

— Não há no jângal povo mais sábio, mais hábil, mais forte e gracioso do que os bandar-log.

E assim o tempo todo, até que se cansavam de brincar de cidade e voltavam às árvores, ansiosos para serem vistos e admirados pelos outros animais.

Mowgli, que fora ensinado na lei do jângal, nada sabia daquele estranho viver em cidade. Os macacos haviam-no levado para ali à noitinha e, em vez de irem dormir, como se faz após longa viagem, puseram-se, de mãos dadas, a dançar e a cantar as mais doidas cantigas. Um deles fez discurso para insinuar aos demais que a captura de Mowgli vinha marcar época na história dos bandar-log, pois Mowgli iria ensinar-lhes a fazer as esteiras de vime, que protegem contra os ventos. Mowgli de fato começou a tecer à vista deles e todos procuraram imitá-lo. Em poucos minutos, porém, cansaram-se daquilo, largaram as varas de vime e puseram-se a puxar as caudas uns dos outros, saltando e guinchando.

— Quero comer! — declarou Mowgli. — Não conheço esta parte do jângal, não sei seus costumes. Tragam-me comida ou deixem-me ir caçar.

Vinte ou 30 macacos saíram aos pulos em busca de nozes e mamões selvagens. Mas brigaram pelo caminho e lá destruíram todas as frutas que haviam colhido. Cada vez mais esfomeado e colérico, Mowgli caminhou ao acaso pelas ruínas, desferindo, de tempo em tempo, o grito do caçador forasteiro. Inutilmente. Ninguém respondia e Mowgli percebeu que se achava em muito mau lugar.

"Tudo quanto Baloo disse dos bandar-log é verdade", pensou consigo. "Não têm lei, nem grito de caça, nem chefes, nada, a não ser palavras loucas e micagens torpes. Assim, se eu for morto aqui ou vier a morrer de fome, bem-feito; terá sido unicamente por culpa minha. Tenho de esforçar-me por voltar ao meu jângal. Baloo irá castigar-me, mas será melhor isso do que estar desfolhando roseiras com esses estúpidos seres."

Mowgli tentou sair da cidade em ruínas; os macacos, porém, fizeram-no voltar, dizendo que ele não sabia o quanto era feliz ali. O menino cerrou os dentes e acompanhou calado a turba de símios até o terraço existente junto aos reservatórios de água. No centro desse terraço via-se uma casa de verão, construída de mármore branco pela rainha de cem anos atrás. A cúpula desmoronara pela metade, obstruindo a entrada principal, reservada às grandes damas. As paredes se sustentavam ainda; paredes de mármore rajado, com embutidos de fino lavor, onde a ágata, a turmalina, o jaspe e o lápis-lazúli emitiam brilhos multicolores sempre que tocados pelos raios da lua. Dolorido como se achava, sonolento e faminto, Mowgli não pôde deixar de rir quando 20 macacos, guinchando a um tempo, começaram a provar-lhe a loucura que seria deixar a companhia de um povo tão sábio, tão forte e tão formoso como eles.

— Somos grandes. Somos livres. Somos admiráveis. Somos o povo mais notável do jângal. Todos nós pensamos assim, logo é verdade — gritavam em coro. — E como você é um novato aqui e ainda poderá contar isso aos demais povos do jângal, a fim de que deem testemunho sobre nós no futuro, vamos contar para você tudo a nosso respeito.

Mowgli nada objetou e os macacos se reuniram aos centos no terraço da rainha para ouvir os oradores que iam cantar hinos ao povo bandar-log. Cada vez que um se engasgava no meio do discurso por falta de fôlego, a turba guinchava em uníssono: "É verdade tudo quanto ele diz; nós somos assim". Mowgli meneava a cabeça e piscava, sempre concordando, quando lhe perguntavam qualquer coisa. Interiormente refletia:

"Tabaqui com certeza mordeu toda essa gente e a deixou louca. Evidentemente os macacos sofrem de *dewanee*. Será que não dormem nunca? Uma nuvem flutua em direção à lua. Se escurecer de todo, aproveitarei a ocasião para fugir. Sinto-me tão cansado..."

Aquela nuvem também estava atraindo a atenção de dois amigos de Mowgli, ocultos nos fossos que rodeavam a Cidade Perdida. Bagheera e Kaa, sabendo quão perigosos se mostraram os macacos em bando, mantinham-se em guarda para não pôr em risco seu plano. Os macacos jamais lutam, a não ser que a proporção seja de cem para um, e que animal no jângal pode aceitar essa proporção?

— Vou seguir pelo lado norte — sussurrou Kaa. — Lá me aproveitarei da declividade do terreno e não creio que os macacos possam lançar-se aos centos sobre o meu lombo.

— Sei — disse Bagheera —, mas é pena que Baloo não esteja aqui. Temos que agir sem ele. Quando a nuvem tapar a lua, penetrarei no terraço. Parece que lá estão reunidos em conselho em torno do rapaz.

— Boa caçada! — murmurou Kaa, um tanto sarcástica, e deslizou rumo ao norte.

Os muros da cidade naquele ponto mostravam-se menos arruinados do que em outros, de modo que a serpente demorou para romper caminho por entre as pedras. Enquanto isso, a nuvem ocultara inteiramente a lua. Súbito, Mowgli, com surpresa, percebeu Bagheera penetrando no terraço. Chegara de manso, para, então, qual um raio, atirar-se contra o bando. Um grito uníssono de pavor e ódio acolheu a pantera. Logo, porém, um dos macacos gritou:

— É um inimigo só. Mata! Mata!

E o bando inteiro investiu contra a pantera, mordendo, arranhando, unhando, enquanto cinco ou seis agarravam Mowgli e o arrastavam para cima da casa de verão, onde o despejaram dentro pelo rombo da cúpula. Outro, que não ele, teria ficado gravemente ferido na queda; Mowgli, entretanto, lembrou-se das lições de Baloo e soube chegar ao fundo de pé.

— Fique aí — gritaram-lhe os macacos —, até que matemos os seus amigos; depois você voltará a brincar conosco, se o povo venenoso deixar...

Referiam-se às cobras que habitavam aquelas ruínas.

— Somos do mesmo sangue, eu e vocês! — gritou Mowgli ao ouvir isso, dando assim a senha das serpentes. Como resposta ouviu um silvo perto.

— Ainda assim, não se mova, irmãozinho, porque seus pés poderão fazer-nos mal — sussurraram meia dúzia de cobras que moravam ali.

Mowgli permaneceu imóvel o mais que pôde, espiando através das frestas do domo caído e ouvindo lá em cima o terrível estrépito da luta. Urros de cólera e dor, guinchos, ganidos e, em meio de toda essa algazarra, o rosnar feroz da pantera, que pela primeira vez estava lutando em defesa da própria vida.

"Baloo deve estar perto; Bagheera não teria vindo sozinha", pensou Mowgli.

Depois, lembrando-se de um recurso que seria precioso para a sua amiga, berrou-lhe:

— Para os tanques, Bagheera! Atire-se à água! Mergulhe!

Bagheera ouviu-o e ganhou nova coragem. Redobrou-se de violência, enquanto recuava, polegada a polegada, na direção dos reservatórios. Súbito, ressoou perto o grito de guerra de Baloo. O velho urso acabava de chegar.

— Bagheera — exclamou ele. — Estou aqui! Vou subir. Ui! As pedras estão muito lisas para meus pés, mas os infames bandar-log não terão muito que esperar.

Baloo alcançou, por fim, o terraço, onde foi envolvido por uma nuvem de macacos. Pôde, porém, tomar posição de defesa e, atracando-se com magotes de símios, começou a parte de matança que lhe cabia. O ruído dum corpo que caíra na água indicou a Mowgli que Bagheera estava em segurança nos tanques, onde os macacos não a perseguiriam. De fato, lá ficou mergulhada, só com a cabeça de fora, enquanto os macacos apinhados nos rebordos uivavam de fúria, prontos para se lançarem sobre ela, caso saísse da água em socorro de Baloo. Bagheera, então, ergueu para o ar o focinho molhado e desferiu, com desespero, o grito de senha das serpentes: "Somos do mesmo sangue, eu e vocês!" Fez isso imaginando que Kaa houvesse abandonado o campo de batalha no último momento. O próprio Baloo, meio asfixiado pelo enxame de macacos, não deixou de sorrir àquele chamado.

Kaa tinha acabado de varar por entre as fendas dos muros e coleava-se toda, da cabeça à ponta da cauda, como para verificar se seus músculos estavam em ordem. Enquanto o ataque a Baloo prosseguia e a macacada no rebordo dos tanques guinchava de ódio, Mang, o Morcego, ergueu-se em voo tonto para ir anunciar pelo jângal o grande acontecimento. Breve, Hathi, o Elefante Selvagem, trombeteou o seu grito de guerra, ao passo que bandos de macacos de outras tribos se punham em marcha pelo alto das árvores para socorrer os irmãos da Cidade Perdida. Até as aves se viram despertas muitos quilômetros em redor. Mas Kaa avançava, sequiosa de sangue. O ataque das serpentes da sua espécie consiste em golpes de cabeça, em choques violentos, nos quais entram em jogo todos os músculos do corpo. Imagine uma lança, ou um aríete, ou um martelo pesando meia tonelada, movido por um cérebro frio que vive no cabo, e terá uma imagem do sistema de luta de Kaa. Uma serpente de uns dois metros de comprimento pode derrubar um homem, se o golpear no peito, e Kaa tinha nove metros... Seu primeiro golpe foi desferido em cheio na massa de macacos amontoados em cima de Baloo — e tão forte que não necessitou ser secundado. Os macacos debandaram aos gritos de "Kaa! É Kaa! Salve-se quem puder!"

Gerações e gerações de macacos educaram-se no medo às serpentes, e aqueles tinham ouvido dos pais e avós histórias terríveis sobre Kaa, a assaltante noturna que subia árvore acima para raptar o mais forte dentre eles que encontrasse dormindo; da velha Kaa, que sabia mimetizar-se em galho seco com perfeição tamanha que a todos iludia, até o momento em que de galho se transformava de novo em serpente agílima no bote. Nada temiam os bandar-log tanto como essa cobra, porque nenhum imaginava até onde ia o seu poder, e nenhum sustentava a fixidez do seu olhar, e nenhum jamais saíra vivo de um de seus abraços. Por isso fugiram tomados de pânico e galgaram o topo dos telhados em ruínas, permitindo que o velho Baloo respirasse, afinal. Embora sua pele fosse mais espessa que a de Bagheera, o urso a tinha bastante castigada. Kaa, então, abriu a boca pela primeira vez e pronunciou uma única palavra, um silvo agudo. Os macacos de fora que vinham em socorro dos dali detiveram-se estarrecidos. Aquele silvo os gelara. Também os que se achavam no topo dos muros e telhados emudeceram. No silêncio que se fez, Mowgli pôde ouvir, lá do fundo da casa de verão, o ruído da água espirrando de um corpo que se sacode. Bagheera acabava de deixar os tanques. Neste momento, o clamor rompeu de novo. Os macacos treparam nos pontos mais altos. Penduraram-se nas saliências das pedras, uns contra os outros, enquanto Mowgli, espiando através das aberturas do domo, sorria para eles com desprezo e desafio.

— Tirem o filhote de homem da casa de verão

— disse Bagheera ainda ofegante. — Eu nada mais posso fazer. Salvemo-lo e saiamos daqui. Os bandar-log querem atacar-nos de novo.

— Os bandar-log não darão um só passo à frente — disse Kaa, e sua boca temida silvou agudamente.

Imediatamente um silêncio de morte se fez na macacada.

— Não pude vir antes, irmão — disse Kaa a Baloo —, mas creio que ouvi seu chamado — afirmou, agora dirigindo-se a Bagheera.

— Sim... sim... chamei você no ardor da batalha — confessou a pantera. — E Baloo? Está muito ferido?

— Não sei se ainda me resta no corpo qualquer coisa inteira — respondeu o urso, estirando os membros para lhes verificar o estado. — Ufa! Estou bem moído, não resta dúvida. Devemos a você nossas vidas, Kaa, eu e Bagheera.

— Não importa. Onde está o homenzinho?

— Aqui nesta armadilha, de onde não posso sair — gritou Mowgli do fundo da casa de verão. — O domo arruinado do palácio está sobre minha cabeça.

— Tirem-no daqui! Mowgli dança que nem Mao, o Pavão. Acabará esmagando todos os nossos filhotes — gritaram as cobras do fosso.

— Oh! — exclamou a serpente numa gargalhada.

— Ele arranja amigos por toda parte. Afaste-se, Mowgli, e que o povo venenoso se oculte nos buracos. Vou romper a parede.

Kaa examinou cuidadosamente as paredes da casa de verão até encontrar o ponto mais fraco, onde pudessem ceder aos seus golpes. Depois ergueu-se, afastando a cabeça a dois metros de distância e, com o poderoso aríete do focinho chato, martelou o muro. Breve uma pedra cedeu e depois outra, vindo abaixo a parede em meio a uma nuvem de pó. Em seguida, Mowgli saltou da prisão com os braços abertos para os seus salvadores.

— Está ferido? — perguntou Baloo, retribuindo o abraço que o menino lhe dera.

— Machucado apenas, arranhado e faminto. Oh, eles maltrataram vocês bastante, irmãos! Vejo que estão derreados e sangrando...

— Foi pior para eles — disse Bagheera, lambendo os beiços e olhando para o monte de macacos mortos rente aos tanques.

— Tudo isso é nada, já que você está em segurança, Mowgli. Fizemos tudo isso por amor da pequena rã, que tanto nos orgulha — disse o urso.

— Deixemos as declarações de amor para mais tarde — murmurou a pantera com voz dura, que soou mal ao menino. — Aqui está Kaa, a quem nós devemos a vitória e você deve a vida. Agradeça-lhe de acordo com o uso, Mowgli.

O menino do jângal voltou-se e viu a cabeça da serpente erguida 30 centímetros acima da sua.

— Então é este o homenzinho! — disse ela. — Bem lisa tem a pele, e no todo não se diferencia muito dos bandar-log. Tome cuidado, filhote de homem, para que por alguma noite escura eu não o confunda com os macacos. Sempre que mudo de pele fico algum tempo meio cega.

— Somos do mesmo sangue, você e eu — foi a resposta do menino. — Devo a você minha vida esta noite. De agora por diante minha caça será sua caça, sempre que você quiser, Kaa.

— Obrigada, irmãozinho — respondeu a serpente, piscando. — E que pode caçar tão intrépido caçador como você? Pergunto isso para saber se me convém segui-lo quando sair à caça.

— Não mato nada ainda, sou muito criança, mas sei conduzir cabritos para os que podem apanhá-los. Quando estiver com fome, venha verificar se estou ou não dizendo a verdade. Tenho alguma astúcia nisto — continuou Mowgli mostrando as mãos. E, se algum dia cair em armadilha, poderei pagar a dívida que hoje contraí com você e com Bagheera e Baloo. Boa caçada para todos vocês, mestres.

— Muito bem dito! — rosnou o urso, entusiasmado com o aluno.

Também a serpente o cumprimentou, pousando-lhe a cabeça no ombro por alguns instantes. Depois disse:

— Coração bravo e língua cortês, sim. Isso o levará longe no jângal, homenzinho. Agora, siga os seus amigos. Vá dormir, que a lua está alta e o que resta não deve ser visto por seus olhos.

A lua escondia-se detrás dos morros e a linha trêmula dos macacos apinhados no topo dos muros assemelhava-se a uma franja irregular. Baloo dirigiu-se aos tanques para beber, enquanto a pantera punha sua pelagem em ordem. A serpente deslizou para o centro do terraço, onde fechou a boca com ruído tal que todos os macacos fixaram nela os olhos.

— A lua descamba — disse Kaa dirigindo-se para os bandar-log. — Ainda podem ver-me?

Dos muros e tetos em ruína ressoou um gemido como resposta:

— Sim, nós a vemos, Kaa.

— Bem. Comecem então a dança, a dança da fome de Kaa. Permaneçam imóveis e olhem.

A serpente enrolou-se em três voltas e oscilou a cabeça da esquerda para a direita. Depois começou a fazer boleios em oito e triângulos, que logo se desfaziam em quadrados e pentágonos, nunca parando, nunca se precipitando, nunca interrompendo o seu cântico de silvos. Por fim, o luar morreu de todo e os boleios da serpente deixaram de ser visíveis. Os macacos apenas ouviam o roçar das escamas de Kaa.

Baloo e Bagheera estavam imóveis como pedra, rosnando, os pelos da nuca eriçados. Mowgli assombrava-se.

— Bandar-log — disse Kaa, por fim. — Vocês podem mover uma só pata que seja sem ordem minha? Respondam!

— Não, Kaa. Sem ordem sua não podemos mover nem pés nem mãos.

— Bem. Cheguem mais perto. Mais, mais...

A linha dos macacos aproximou-se, lenta, fazendo com que Baloo e Bagheera instintivamente se afastassem.

— Mais perto! — silvou Kaa, e os macacos chegaram-se ainda mais.

Mowgli bateu no pescoço da pantera e do urso, convidando-os a partir. Ambos olharam-no com olhos de quem sai de um pesadelo.

— Conserve a mão sobre meu pescoço — murmurou a pantera. — Segure-me, que me sinto atraída por Kaa. Ah!

— Que fraqueza é essa, Bagheera? Nada aconteceu. Apenas a velha Kaa se diverte fazendo círculos no chão — disse Mowgli. — Vamos embora! — E os três escaparam para a floresta pela fenda do muro.

— Ufa! — exclamou Baloo quando se viu entre árvores outra vez. — Nunca mais me meterei em negócios com Kaa — jurou ele, eletrizado por súbito arrepio.

— Ela sabe mais do que nós — disse Bagheera, ainda trêmula. — Se me demoro alguns minutos ainda, iria parar dentro de sua garganta.

— Muitos macacos entrarão por esse caminho antes que a lua surja de novo! Kaa vai ter uma boa caçada hoje, à sua moda...

— Mas que significa tudo isso? — perguntou Mowgli, que nada sabia do poder de fascinação das serpentes. — Até agora o que vi foi uma velha cobra fazendo boleios e círculos no chão, uma velha serpente de focinho machucado. Pobrezinha...

— Mowgli — disse a pantera com severidade —, o focinho de Kaa está machucado por amor a você. Minhas orelhas e quartos, bem como o pescoço de Baloo, estão feridos por amor a você. Nenhum de nós poderá caçar com prazer por muitos dias.

— Nada disso tem importância — interveio Baloo. — Temos conosco o filhote de homem, e isso é tudo.

— Sim, mas custou-nos muito, não só em tempo perdido como em ferimentos, em pelos — acho que perdi metade dos meus pelos — e ainda, o que é pior, em honra. Lembre-se, Mowgli, de que eu, a Pantera Negra, fui forçada a pedir socorro a Kaa e que, juntamente com Baloo, me senti diante dela como um passarinho fascinado. Tudo em consequência de você ter ido brincar com os infames bandar-log.

— É verdade, é verdade — exclamou o menino, compungido. — Confesso que sou um mau filhote e que meu estômago dói de fome...

— Ora! Que diz a lei do jângal num caso desses, Baloo? — perguntou a pantera.

O urso não queria meter Mowgli em mais embaraços nem podia tampouco deixar de cumprir a lei. Por isso murmurou apenas:

— Arrependimento não evita punição, é a lei. Mas, lembre-se, Bagheera, de que ele não passa de uma criança.

— Não me esquecerei disso — respondeu a pantera. — Mowgli, entretanto, cometeu uma falta pela qual tem de ser punido. Alguma coisa a objetar, Mowgli?

— Nada. Sou culpado. Por falta minha, vocês se encontram feridos. A punição será justa.

A pantera deu-lhe, então, meia dúzia de tapas de amor, tapas que do seu ponto de vista teriam apenas sacudido um filhote de pantera, mas que para uma criança de sete anos correspondia a castigo bastante severo.

Quando o último soou, Mowgli ergueu-se do chão sem uma palavra, apenas fungando.

— Agora — disse Bagheera —, salte sobre o meu dorso, irmãozinho, e vamos para casa.

Uma das belezas da lei do jângal é que o castigo acerta tudo. Depois dele, nenhum ressentimento subsiste.

Mowgli pousou sua cabecinha no pelo de Bagheera e dormiu tão profundamente que nem sequer despertou ao ser deposto no chão da caverna de Mãe Loba.

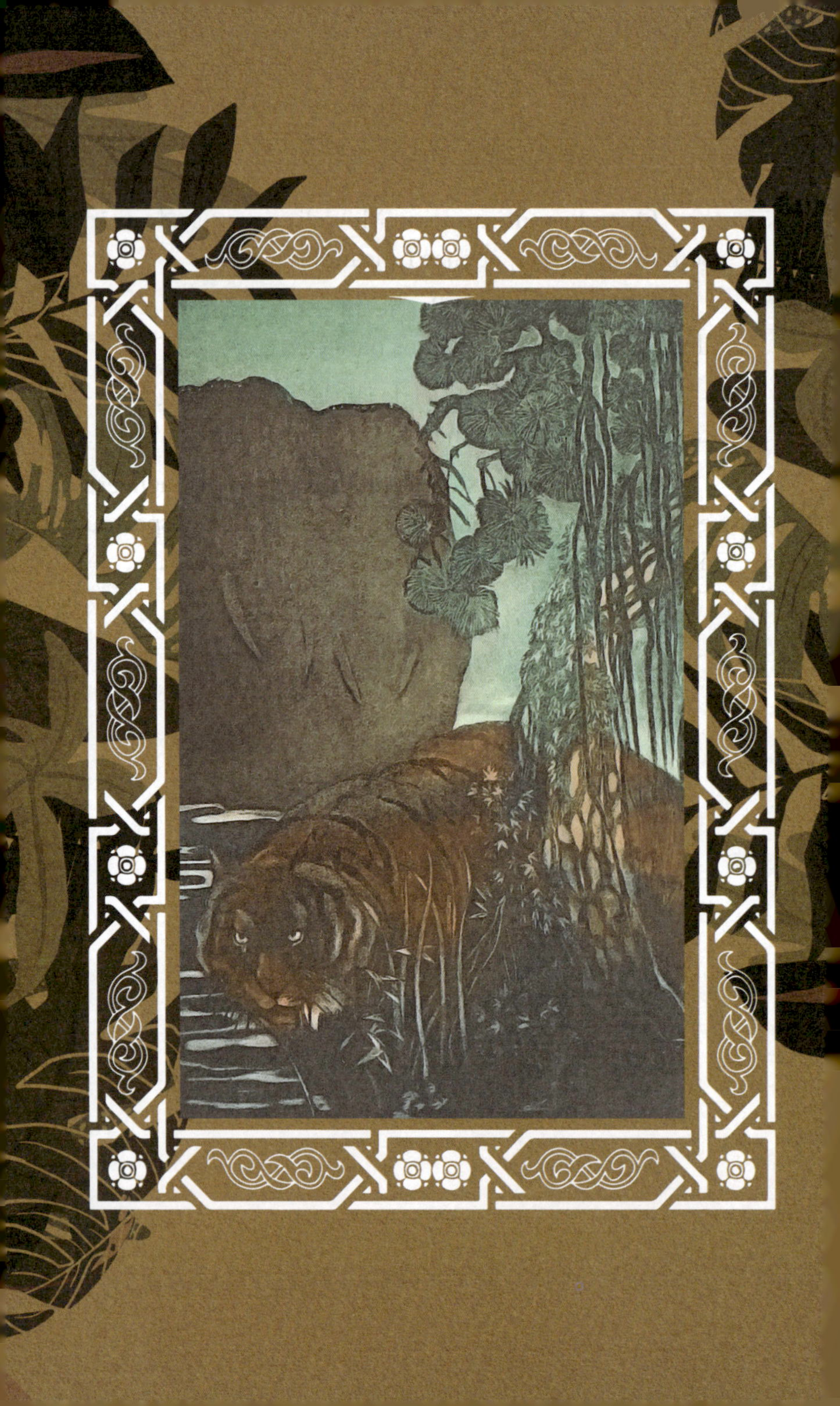

CAPÍTULO III

TIGRE! TIGRE!

Voltemos um pouco atrás. Quando Mowgli deixou a caverna do lobo, depois da luta com a alcateia na Roca do Conselho, e desceu às terras cultivadas, onde os camponeses viviam. Mas não se deteve lá por ser muito perto do jângal, onde havia feito pelo menos um inimigo na reunião do Conselho. Avançou bastante, tomando a estrada que corria pelo vale e seguindo-a por 30 quilômetros até alcançar uma região desconhecida. Esse vale achava-se numa grande planície salpicada de rochedos e cortada por ravinas. Num dos extremos via-se uma pequena aldeia cercada de pastagens, que de chofre terminavam na orla de espesso jângal. Por toda a planura andavam búfalos pastando sob a guarda de pequenos pastores, os quais fugiram aos gritos ao verem Mowgli. Seus cães amarelos puseram-se a latir. Mowgli, porém, não se deteve. Estava faminto. Quando alcançou a porta da aldeia, viu ainda aberto o tapume de espinheiro com que a fechavam de noite.

— Umph! — exclamou diante daquela defesa que já conhecia de outras incursões. — Os homens acautelam-se já daqui contra os habitantes do jângal — murmurou sentando-se à soleira da porta.

Quando o primeiro homem apareceu, pôs-se de pé e apontou para a boca aberta, significando que tinha fome. O homem arregalou os olhos e sumiu-se, para logo depois voltar seguido de um sacerdote brâmane — homenzarrão vestido de branco e marcado de vermelho e amarelo na testa. Atrás do sacerdote vieram magotes de povo, gente com cara de espanto. Todos apontavam para o menino.

"Não sabem comportar-se, esses homens", pensou Mowgli consigo. "Só macacos agiriam assim." E com esse pensamento na cabeça jogou para trás os seus cabelos compridos e encarou firme a multidão.

— Que há para causar medo? — perguntou o sacerdote. — Olhem para as cicatrizes que ele tem nos braços e nas pernas. Mordeduras de lobo. É um filho de lobo que fugiu do jângal.

De fato, de brincarem juntos, os filhotes de Mãe

Loba haviam, sem querer, mordido Mowgli fartamente, por isso ele tinha aquelas cicatrizes tão visíveis. O menino, entretanto, jamais considerara aquilo mordidas, pois não passavam de brincadeiras.

— Nossa! — exclamaram duas ou três mulheres ao mesmo tempo. — Mordido por lobos, o pobrezinho! E tão galante que é! Tem olhos de fogo. Por minha honra, Messua, parece-se muito com o seu menino que o tigre raptou.

— Deixe-me ver — disse uma mulher de grossos anéis nos dedos e pulseiras de cobre nos braços e, aproximando-se, examinou-o bem de perto. — Não é ele, não. Mais delgadinho, embora se pareça muito com meu filho.

O sacerdote, homem fino, sabia que Messua era a esposa do mais rico lavrador da região. Assim, olhou para o céu por um minuto e disse com solenidade:

— O que o jângal tomou, o jângal acaba de restituir. Leve o menino para sua casa, irmã, e não se esqueça de recompensar o sacerdote que vê tão fundo tudo na vida dos homens.

"Pelo touro que me comprou a vida!", disse Mowgli consigo. "Isto aqui me parece uma outra reunião do Conselho. Bem, bem. Se sou homem, que homem me torne de verdade."

A multidão dispersou-se logo que a mulher conduziu

Mowgli para sua cabana, onde havia um estrado de laca, uma grande arca de pão com desenhos em relevo na tampa, meia dúzia de utensílios de cozinha, a imagem de um deus hindu num pequeno nicho e, na parede, um espelho dos que se vendem nas feiras.

A mulher deu-lhe uma vasilha de leite e um pedaço de pão; depois tomou-lhe a cabeça e olhou-o nos olhos. Quem sabe se não era ele o menino que o tigre levara? E chamou-o:

— Nathoo, Nathoo! — Mowgli não deu mostras de conhecer tal nome. — Não se lembra do dia em que lhe fiz uns sapatinhos novos? — perguntou ela apontando-lhe para os pés calejados. — Não, não... — respondeu para si mesma a mulher, cheia de mágoa. — Estes pés jamais usaram sapatos, mas você se assemelha bastante ao meu Nathoo e ficará sendo meu filho.

Mowgli não se sentia à vontade, por nunca ter visto por dentro uma cabana; mas sossegou, olhando para o teto e vendo que por ali poderia fugir, se lhe desse vontade, além do que as janelas não tinham ferrolho.

"De que me vale ser homem, se não entendo a linguagem dos homens?", pensou consigo. "Estou aqui tão estúpido e mudo como um homem que estivesse conosco lá no jângal. Tenho de aprender a linguagem deles."

Não fora por desfastio que Mowgli aprendera na

caverna dos lobos a imitar o grito de desafio dos bodes selvagens e o grunhir dos cerdos novos. Por isso, logo que Messua pronunciava uma palavra, ele a imitava incontinenti, tendo assim assimilado nesse mesmo dia o nome de muita coisa existente na cabana.

À hora de dormir houve dificuldades. Mowgli não sabia dormir fechado no que lhe parecia uma armadilha para leopardos. Assim, quando trancaram a porta, saiu pela janela.

— Deixe-o sair — disse o marido de Messua. — Lembre-se de que ele jamais dormiu em cama. Se esse menino foi realmente enviado pelo céu para substituir o nosso filho, não fugirá.

Mowgli pôde, dessa maneira, estirar-se na relva macia do campo vizinho para dormir como manda a natureza. Antes que seus olhos se fechassem, entretanto, um focinho amigo veio farejá-lo.

— Puxa! — exclamou o lobo Cinzento, filhote mais moço de Mãe Loba. — Acho que você foi mal recompensado pelos 30 quilômetros que andou. Cheira a gado e a fumaça, tal qual um homem. Levante, irmãozinho. Trago notícias.

— Vai tudo bem no jângal? — perguntou Mowgli, abraçando-o.

— Tudo, exceto para os lobos que você chamuscou

com a flor vermelha. Ouça. Shere Khan afastou-se para longe, onde ficará até que lhe cresçam de novo as barbas queimadas. Mas jurou que quando vier há de deixar os ossos do filhote de homem a branquearem no Waingunga.

— Fiz igual promessa quanto aos dele — respondeu calmamente o menino. — Bem, bem. Notícias são notícias. Sinto-me cansado esta noite, cansado de coisas novas. Traga-me sempre novidades, irmão Cinzento.

— Não se esquecerá de que é lobo? Não o farão os homens esquecer isso? — perguntou o lobo Cinzento, apreensivo.

— Jamais! Sempre me lembrarei de todos da nossa caverna, embora também não me esqueça de que fui expulso da alcateia.

— Nem perca de vista que você pode ser lançado fora de outra alcateia, a alcateia dos homens... Homens são unicamente homens, irmãozinho, e falam como rãs na lagoa. Quando eu voltar para vê-lo, esperarei por você perto das touceiras de bambu deste pasto.

Por três meses depois disso, poucas vezes Mowgli transpôs as portas da aldeia, tão ocupado andava em aprender os usos e costumes dos homens. Teve de acostumar-se a usar panos em cima do corpo, coisa que muito o incomodava; como também aprendeu o valor do dinheiro e seu emprego (sem nada compreender) e o uso do arado, que lhe parecia inútil. Os meninos da rua o punham furioso. Felizmente a lei do jângal o ensinara a dominar-se, porque na vida selvagem o alimento e a segurança dependem muito do domínio sobre si próprio. Mas, quando os meninos riam dele por não saber empinar um papagaio ou por pronunciar as palavras de forma errada, unicamente pelo fato de não ser permitido é que deixava de agarrá-los e parti-los em pedaços.

Mowgli desconhecia a sua própria força. No jângal sabia-se fraco, em comparação com os animais selvagens; na aldeia os homens o consideravam forte como um touro.

Também não tinha a menor ideia a respeito da separação de castas. Quando o asno do oleiro escorregava e caía no varal da moenda, ele o levantava pela cauda. Também ajudava o oleiro a levar suas telhas para o mercado. Aquilo impressionava mal, porque o oleiro pertencia à casta dos párias, e o seu asno à outra casta ainda mais vil. Quando o sacerdote o advertiu disso, Mowgli ameaçou de pô-lo também em cima do asno, o que fez o santo homem ir dizer ao marido de Messua que era tempo de meter o menino no trabalho. Em consequência, ele teve ordem de ir guardar os búfalos no pasto. Ninguém poderia receber semelhante ordem com maior contentamento. À noite nesse dia foi até a grande figueira que ornava a praça principal da aldeia. Era lá o clube onde os chefes políticos e o barbeiro (que conhecia todos os mexericos do lugar) e ainda o velho Buldeo, caçador dono de uma carabina Tower, se reuniam para conversar e fumar. Macacos vinham empoleirar-se nos galhos da figueira, em cujo tronco havia um oco onde morava uma cobra. Todos os dias as mulheres punham ali um prato de leite, visto tratar-se de uma cobra sagrada. Os velhos sentavam-se em torno dessa árvore para conversar por entre longas baforadas dos narguilés. Narravam maravilhosas histórias de deuses, homens e fantasmas. Buldeo, com as suas lorotas relativas aos costumes dos animais do jângal, fazia as crianças arregalarem os olhos. A razão dessas histórias vinha de a floresta estar muito próxima da aldeia, a ponto de os porcos selvagens invadirem frequentemente as plantações e os tigres tocaiarem homens ao cair da noite, à vista de todos.

Mowgli, que muito naturalmente conhecia a fundo a vida do jângal, tinha de esconder o rosto para ocultar o riso, quando Buldeo, com a sua carabina Tower sobre os joelhos, dissertava sobre o assunto.

Buldeo era de opinião que o tigre que raptara o filho de Messua era um tigre fantasma, cujo corpo servia de morada à alma de um velho agiota malvado, falecido havia alguns anos.

— E sei que isso é verdade — dizia ele —, porque Purun Dass (o tal agiota) mancava de uma perna, em consequência do tiro que levou numa briga, e o tigre de que falo manca também, como verifiquei pelos rastros.

— Deve ser isso mesmo — concordavam os velhos barbaças meneando a cabeça.

Mowgli não se conteve.

— Todas as histórias contadas aqui serão deste naipe? — perguntou ele. — Esse tigre manca porque nasceu aleijado, como todos no jângal sabem. Supor que a alma de um agiota habite o corpo de um tigre que jamais teve sequer a coragem de um chacal é infantilidade.

Buldeo perdeu a fala de tanta surpresa em face do atrevimento daquela observação.

— Ha-ha! É o homenzinho-lobo quem fala! — disse ele. — Se entende tanto desse tigre, seria melhor que nos trouxesse a sua pele; o governo dá por ela cem rúpias. Faça isso, em vez de estar aí metendo a colher torta na conversa dos mais velhos.

Mowgli retirou-se.

— Toda tarde tenho estado aqui — disse ao levantar-se —, e a não ser uma vez ou outra Buldeo não disse nada certo do jângal, que começa ali adiante. Como vou acreditar, então, nas histórias de deuses e duendes que ele diz ter visto?

— Este rapazinho precisa ir trabalhar o quanto antes — observou um dos velhos, enquanto Buldeo engasgava de cólera ante a impertinência de Mowgli.

As aldeias indianas costumavam consagrar uns tantos rapazes à guarda dos bois e búfalos, que eles levam para pastar cada manhã e recolhem à noite. Enormes animais, que dariam com facilidade cabo de um homem, deixam-se conduzir e apanham dessas crianças. Enquanto os pastorzinhos permanecem junto do gado, nenhum perigo correm, porque nem o tigre ousa atacar uma manada de bois ou búfalos. Mas se se afastam, atraídos por flores silvestres ou para apanhar algum lagarto, frequentemente são caçados pelos tigres. Mowgli atravessou a aldeia pela madrugada, montado no pescoço de Rama, o maior búfalo do rebanho. Seguiam-no búfalos de chifres retorcidos para trás e olhos selvagens. Mowgli os tangia com uma longa vara de bambu. Logo que chegou ao campo, disse a Kamya, um dos seus companheirinhos de pastoreio, que tomasse conta dos bois, enquanto ele sozinho guardaria os búfalos.

Uma pastagem indiana é em geral um terreno rochoso, cheio de moitas e de ravinas, dentro das quais o gado desaparece. Os búfalos procuram pontos pantanosos, onde chafurdam durante as horas quentes do dia. Mowgli levou seu rebanho para o extremo da planície, lá onde o Rio Waingunga sai da floresta. Saltou de sobre o pescoço de Rama e correu à moita de bambus, onde devia estar o lobo Cinzento.

— Esperei aqui por você muitas vezes — disse o lobo. — Que história é essa de guardar gado agora?

— Mandaram-me — respondeu Mowgli. — Agora sou pastor de búfalos. Que há de novo sobre Shere Khan?

— Já voltou para esta zona e tem estado aqui à sua espera. Ele se afastou à procura de caça, visto que por aqui existe pouca. Ele quer matar você.

— Muito bem — respondeu Mowgli. — Enquanto ele estiver fora, você se sentará nesta pedra, de modo que da aldeia possa ser visto por mim. Assim que ele voltar, você me esperará no barranco, perto daquela árvore grande que daqui se vê. Precisamos evitar cair dentro da goela de Shere Khan.

Em seguida, Mowgli escolheu um lugar de sombra, onde se deitou para dormir enquanto os búfalos pastavam.

O pastoreio na Índia é um dos serviços mais vazios do mundo. O gado move-se, e pasta, e deita-se, e move-se de novo para pastar adiante e deitar-se outra vez. Raro muge. Os búfalos chafurdam em todos os pântanos que encontram, caminhando dentro deles apenas com os focinhos de fora. O sol faz com que as pedras pareçam dançar em tremeliques, e os pastorzinhos se distraem com um solitário gavião descrevendo curvas sobre sua cabeça, lá no alto do céu; eles sabem que assim que uma vaca morre essa ave desce imediatamente, e que o gavião mais próximo virá também, e assim com todos os gaviões da região. E os rapazes dormem, e despertam, e dormem de novo, e tecem pequenos cestos em que aprisionam gafanhotos; ou apanham louva-a-deus, que se põem a lutar entre si; ou fazem colares de sementes vermelhas e pretas, colhidas no jângal; ou observam um lagarto que toma sol sobre as pedras; ou assistem ao espetáculo da cobra atraindo rãs nas ravinas. Também cantam cantigas da terra e fazem figurinhas de barro ou ídolos. Quando a tarde cai, os pequenos pastores chamam o gado. Os búfalos arrancam-se dos lameiros com estrépito e, um atrás do outro, rumam em direção da aldeia.

Dias seguidos Mowgli levou seus búfalos ao campo e dias seguidos avistou o lobo Cinzento no ponto combinado, sabendo, assim, que Shere Khan ainda não estava de volta. Passou a maior parte desse tempo deitado na relva, sonhando com a vida do jângal, enquanto o seu ouvido alerta apanhava os menores rumores. Se Shere Khan desse nas matas marginais do Waingunga um passo em falso com a sua perna aleijada, ele o teria percebido nesses momentos de repouso.

Por fim chegou o dia em que não viu o lobo Cinzento no lugar de sempre. Mowgli sorriu e fez seus búfalos marcharem pela ravina adentro, rumo à árvore grande, por essa ocasião coberta de flores de um vermelho luminoso. Lá encontrou o irmão lobo, todo arrepiado.

— Ele se prepara para te afastar dos búfalos. Seguido de Tabaqui, Shere Khan cruzou o rio a noite passada — disse o lobinho, inquieto.

Mowgli franziu as sobrancelhas.

— Não tenho medo de Shere Khan, mas Tabaqui é muito astucioso.

— Nada receie de Tabaqui. Encontrei-o de madrugada e a essas horas está contando suas lorotas aos abutres. Antes que eu lhe quebrasse a espinha, porém, contou-me tudo. Shere Khan planeja tocaiar você esta tarde na porta da aldeia. Neste momento deve estar oculto na grande ravina seca do Waingunga.

— Será que comeu hoje ou ainda está em jejum? — perguntou Mowgli, para quem da resposta dependia a vida.

— Matou um porco de madrugada e também bebeu no rio. Shere Khan nunca se conserva em jejum, nem mesmo na véspera de uma vingança.

— Louco! Louco! Que infantil que é! Comeu e bebeu e pensa que o inimigo vai esperar até que faça a digestão? Diga-me, onde está Shere Khan exatamente? Se fôssemos dez, daríamos cabo dele já. Meus búfalos não o atacarão, salvo se atiçados, e eu desconheço a linguagem dos búfalos. Mas poderemos seguir os rastros dele, de modo que o farejem.

— Shere Khan atravessou a nado o Waingunga para cortar caminho — respondeu o lobo Cinzento.

— Tabaqui ensinou-lhe esse meio de encurtar a viagem, já sei. Por si mesmo não teria nunca tal ideia — observou Mowgli, de pé, com o dedo na boca, meditativo. — A ravina grande do Waingunga abre-se para o campo a menos de um quilômetro daqui. Eu poderei cortar o jângal com meus búfalos, para sair no começo da ravina e então varre-la toda, mas Shere Khan fugiria, advertido pelo tropel... Temos de bloquear a outra saída, irmão Cinzento, você é capaz de conduzir metade dos meus búfalos?

— Creio que não, mas trouxe comigo um bom auxiliar — respondeu o lobo Cinzento, afastando-se até sumir-se num buraco de onde logo depois surgiu uma cabeça que Mowgli conhecia muito bem. Imediatamente o espaço se encheu com a repercussão do mais desolador grito do jângal, o grito de caça do lobo.

— Akela! Akela! — exclamou Mowgli batendo palmas. — Eu tinha certeza de que você não me esqueceria. Há serviço pesado hoje. Tome conta de metade dos meus búfalos, Akela. Separe as fêmeas e crias dum lado e os machos de outro.

Ajudado pelo lobinho, Akela pôs-se a executar a ordem. O rebanho foi separado em dois. Num grupo ficaram as fêmeas, com as crias no centro, escarvando a terra, prontas para a defesa da prole. No outro ficaram os machos resfolegantes, cuja atitude guerreira, apesar de imponente, não era tão perigosa como a das fêmeas, visto não terem prole a defender. Nem seis homens poderiam ter dividido o rebanho com tanta destreza.

— Qual é a ordem agora? — perguntou Akela, ofegante. — Os búfalos não tardarão a reunir-se.

Mowgli saltou para o pescoço de Rama e gritou:

— Tange o bando de machos para a esquerda, Akela, e você, irmãozinho Cinzento, irá com o bando de fêmeas ocupar o outro extremo da ravina.

— Em que ponto?

— Num ponto onde os barrancos sejam tão altos e íngremes que Shere Khan não os possa galgar.

O lobinho plantou-se imóvel diante das fêmeas, em atitude de desafio. Elas avançaram contra ele; o lobinho recuou e parou de novo; elas avançaram outra vez; o lobinho recuou e parou novamente. Desse modo foi conduzindo-as para o ponto indicado por Mowgli. O mesmo sistema usou Akela para conduzir o seu bando de machos.

— Belo serviço, Akela! — gritava Mowgli de cima de Rama. — Uma carga mais e basta. Cuidado agora! Não os irrite muito ou o atacarão. A investida deles tem de ser contra o tigre, lembre-se. Devagar! É um trabalho mais árduo que conduzir antílopes! Você sabia que essas criaturas de chifre voltado para trás eram tão ligeiras ao mover-se?

— Já... já cacei búfalos, no meu bom tempo — respondeu Akela, meio asfixiado pela poeira. — Viro agora em direção do jângal?

— Sim e depressa. Rama está ardendo de fúria. Oh, se eu pudesse fazê-lo compreender meu plano...

Vendo de longe aquele movimento do gado, os outros pastores correram para a aldeia, para contar que os búfalos haviam estourado e fugiam para o jângal.

O plano de Mowgli era muito simples. Queria alcançar o começo da ravina e para isso cortaria um trecho da floresta. Alcançado o começo da ravina, entraria por ela adentro, de modo a encurralar Shere Khan entre os dois bandos de búfalos. Mowgli sabia que, depois de haver comido e bebido, o tigre era incapaz de luta, bem como de galgar as barrancas da ravina. Sempre montado em Rama, seguia na frente, acalmando os búfalos com seus gritos; Akela seguia atrás, apressando a marcha da retaguarda. Ao chegar a certo ponto, Mowgli deteve os animais num alto de onde podia avistar por entre as árvores a planície ao longe. O que interessava eram as barrancas. Pôde verificar que eram bem altas, quase a prumo, justamente o que necessitava para o seu plano. As plantas trepadeiras que nelas cresciam não formavam pontos de apoio para um tigre que tentasse subir.

— Deixe-os tomar fôlego, Akela — gritou Mowgli, de mão erguida. — Os búfalos ainda não farejaram o tigre. Deixe-os respirar livremente e apanhar a catinga que está no ar.

E depois disso feito:

— Shere Khan pode aparecer agora. Não escapará.

Em seguida, levou ambas as mãos à boca e desferiu um grito no rumo do canal da ravina — verdadeiro grito num túnel —, e o eco multiplicou aquele som de rocha em rocha.

Sem demora lhe chegou aos ouvidos o ronco de espreguiçamento de um tigre farto que acabava de despertar.

— Quem me chama? — urrou Shere Khan, fazendo esvoaçar de uma moita um assustado pavão.

— Eu, Mowgli. Chegou seu dia, comedor de bezerros! Vamos, Akela! Avance! Ataque, Rama, ataque!

Os búfalos, detidos por alguns momentos na boca da ravina e postos em marcha pelo grito de guerra que o lobo desferiu, lançaram-se para a frente em doido atropelo, fazendo com que a areia do chão se erguesse em nuvens e as pedras em que os cascos batiam pererecassem tontas. Uma vez na disparada, coisa nenhuma os poderia deter. Haviam-se transformado em furacão. Logo adiante Rama farejou o ar, no qual sentiu bem viva a catinga do tigre.

— Ha-ha! — exclamou Mowgli. — Agora você sabe do que se trata, não é?

A torrente daqueles chifres negros, daqueles focinhos espumarentos, daqueles olhos chamejantes, daqueles corpos lançados num ímpeto incoercível varreu o canal, como enormes pedras levadas pela enxurrada. Os mais fracos eram espremidos de encontro às barrancas, que tentavam galgar por entre o emaranhado das plantas trepadeiras; sabiam a força da avalancha que lhes vinha atrás, tão impetuosa que nem o tigre resiste. Shere Khan ouviu o tropel e ergueu-se, pondo-se em marcha à procura de um ponto favorável onde pudesse galgar a barranca. Elas eram, porém, muito íngremes naquele trecho, de modo que teve de trotar para adiante, pesado da digestão e disposto a tudo, menos a lutar. A torrente de búfalos breve alcançou o brejo onde ele estivera deitado, e todos mugiram coléricos. Mowgli ouviu os mugidos de resposta das fêmeas no outro extremo da ravina. Shere Khan também os ouviu e entreparou. Entreparou e voltou-se. Compreendera tudo e preferia enfrentar os touros da retaguarda às fêmeas que o esperavam na frente. Era tarde. Rama atirou-se contra ele e pisoteou-o, furioso, seguido nisso de quantos o acompanhavam de perto. Mowgli já havia saltado do seu cangote, pondo-se a salvo num ressalto da barranca, de vara em punho.

— Depressa, Akela! Disperse os búfalos antes que comecem a ferir-se uns aos outros. Estão muito amontoados. Ande, Akela! Eia! Rama! Cuidado! Cuidado!

Akela e o lobo Cinzento, que se haviam reunido, entraram correndo de um lado para outro, mordendo as pernas dos búfalos, de modo a dispersá-los antes que o entrechoque dos seus corpos fosse maior. Shere Khan não necessitava de mais cascos sobre a massa do seu corpo. Estava moído e já com urubus a caminho de sua carniça.

— Foi morte de cachorro, irmãos — disse Mowgli, sacando da faca que aprendera a trazer à cintura depois de sua entrada na aldeia. — Nem sequer lutou. Sua pele será apresentada na Roca do Conselho. Vamos a isso.

Um rapaz educado entre os homens jamais pensaria em tirar sozinho a pele de um tigre de três metros de comprimento; Mowgli, porém, sabia melhor do que nenhum outro como a pele dos animais adere ao corpo e de que modo se pode tirá-la. Apesar disso o trabalho era duro e o reteve ali por uma hora, enquanto os lobos ofegantes faziam isto ou aquilo, conforme ele ordenava.

Em dado momento sentiu sobre o seu ombro um pousar de mão. Olhou. Era Buldeo, com a sua carabina. Esse caçador soubera pelos outros meninos do estouro dos búfalos e, furioso, viera castigar Mowgli, o culpado. Assim que surgiu, os dois lobos se esconderam.

— Que loucura é essa?! — exclamou Buldeo, colérico. — Então se julga capaz de tirar a pele de um tigre? Oh, é o tigre aleijado! Vale cem rúpias! Bem, bem, vou perdoá-lo por ter deixado o rebanho estourar e talvez te dê uma rúpia de recompensa por ter descoberto esta pele. — E assim falando Buldeo sacou do bolso do colete o isqueiro para abrir fogo e chamuscar as barbas do tigre, na crença de que isso prevenia perseguição por parte da alma da fera.

— Hum! — murmurou Mowgli para si próprio, enquanto escorchava uma das patas do tigre. — Você quer levar a pele de Shere Khan para Khanhiwara, a fim de recolher a recompensa da qual me dará uma rúpia, não é? Sim, mas tenho minhas ideias a respeito dessa pele. Ei! Buldeo, afaste daí esse fogo!

— Que modos são esses de falar ao caçador-chefe da aldeia? Apenas a sua sorte e a estupidez dos búfalos lhe deram esta presa. O tigre tinha acabado de comer; não fosse isso, estaria a 20 léguas daqui. Você não pode sequer escorchá-lo direito, pedacinho de gente, e tem o topete de dizer a Buldeo que não lhe queime as barbas?

Pois não lhe darei nem um centavo da recompensa, está ouvindo? Em vez disso, terá uma surra. Deixe essa carniça, vamos!

— Pelo touro que me comprou — disse Mowgli, que estava neste momento arrancando a pele do pescoço do tigre —, será que terei de ouvir as caduquices deste macaco velho toda a tarde? Akela! Este homem está aborrecendo-me, venha aqui.

Buldeo, que já ia pondo fogo nas barbas do tigre, viu-se de súbito arremessado ao chão, com Akela sobre si, enquanto Mowgli, sem sequer voltar o rosto, prosseguia no escorchamento como se estivesse sozinho no mundo.

— Sim, sim — rosnava ele entredentes. — Você tem razão, Buldeo. Não me dará nem um centavo da recompensa. Está bem. Mas existe uma velha rixa entre mim e esse tigre, muito velha rixa, e eu venci.

Faça-se justiça a Buldeo. Fosse ele dez anos mais moço e teria enfrentado Akela, se o topasse pela frente; mas um lobo que obedecia às ordens de um menino que tinha rixa pessoal com tigres não era um lobo comum. Magia, feitiçaria da pior espécie, pensou consigo Buldeo, enquanto esperava que o amuleto que trazia ao pescoço o salvasse. E ficou imóvel, estarrecido, certo de que Mowgli de um momento para outro também iria transformar-se em tigre ou coisa equivalente.

— Marajá! Grande rei — murmurou ele, por fim, no delírio do terror.

— O que é? — respondeu Mowgli, sorrindo, sem lhe voltar o rosto e sem interromper o trabalho.

— Sou um velho. Perdoe. Não sabia que você era mais que um simples pastorzinho de búfalos. Permita que eu vá embora ou quer que este seu fiel servo lobo me faça em pedaços?

— Vá em paz. Mas de outra vez não se meta comigo. Largue-o, Akela.

Buldeo saiu dali cambaleando. A espaços voltava o rosto sobre os ombros para verificar se Mowgli não se havia ainda transformado em algum monstro feroz. Quando chegou à aldeia, contou apavorado uma história de feitiçaria e encantamento que deixou o sacerdote apreensivo.

Mowgli prosseguiu no seu trabalho, como se nada tivesse acontecido. Logo que o concluiu, disse:

— Temos agora de esconder essa pele e reconduzir os búfalos à aldeia. Ajude-me a recolhê-los, Akela.

O rebanho foi reunido, e quando Mowgli alcançou a aldeia viu as luzes acesas. Mas os sinos tangiam e metade da população o esperava nas portas.

"Deve ser uma homenagem a mim por ter morto

Shere Khan", pensou ele. Um chuveiro de pedras lançadas na sua direção fê-lo ver que não se tratava disso.

— Feiticeiro! Lobisomem! Demônio do jângal! Fora! Fora! Para longe daqui ou o sacerdote o virará em lobo outra vez. Atire, Buldeo! Atire!

— Um tiro soou, e um jovem búfalo gemeu de dor.

— Mais feitiçaria! — gritaram os da aldeia. — Ele desvia as balas. Você matou o seu búfalo, Buldeo!

"Que história será essa?", pensou Mowgli, atarantado com as pedradas e os gritos.

— Não me parecem muito diferentes dos da alcateia, estes seus irmãos homens — disse Akela, sentando-se calmamente sobre as patas traseiras. — Parece que estão expulsando você do povoado.

— Lobo! Lobisomem! Fora! Fora! — gritava o sacerdote, sacudindo no ar um ramo de tulsi, a planta sagrada.

— Outra vez? — exclamou Mowgli. — Da primeira insultavam-me de homem. Agora insultam-me de lobo. Vamos embora daqui, Akela.

Uma mulher correu em sua direção, gritando:

— Oh, meu filho, meu filho! Eles dizem que você é um feiticeiro que sabe transformar-se em fera à vontade. Não creio nisso, mas fuja daqui antes que o assassinem. Buldeo afirma que você é um mago, mas eu sei que você vingou a morte do meu Nathoo.

— Para trás, Messua! — urrou a turba. — Para trás, senão a apedrejaremos também.

Mowgli sorriu numa careta. Uma pedra o havia atingido na boca.

— Volte para trás, Messua — gritou ele. — O que eles dizem não passa de mais uma dessas histórias idiotas que costumam contar debaixo da figueira grande. Vinguei seu filho, é certo. Adeus. Volte depressa, porque vou arremessar contra essa macacada os meus búfalos. Não sou mago coisa nenhuma, Messua. Creia. Adeus!

Em seguida gritou para Akela:

— Faça com que os búfalos entrem.

Os búfalos estavam ansiosos por entrar; não foi preciso que Akela fizesse muito para que o rebanho se atirasse contra as portas, espalhando com violência a malta dos apedrejadores.

— Contem-nos — berrou Mowgli com desprezo —, para que mais tarde não me veja acusado de ter escondido algum. Contem-nos, que não guardarei mais esse rebanho. Agradeçam a Messua, homens. Por amor dela apenas, deixo de invadir a aldeia com os meus lobos para caçá-los a todos nas ruas.

Depois desse desabafo, Mowgli tomou o caminho do jângal, seguido dos dois amigos. Olhava as estrelas e sentia-se imensamente feliz.

— Não dormirei mais em armadilhas, Akela. Tenho as estrelas por teto outra vez!... Vamos agora apanhar a pele de Shere Khan. Não, nunca causaremos danos à aldeia, pois Messua foi boa para mim.

Quando a lua se ergueu no alto, dando a tudo um tom leitoso, os horrorizados habitantes da aldeia viram Mowgli seguir o rumo do jângal em passo apressado, com os dois lobos à sua volta e a pele do tigre sobre a cabeça. Fizeram, então, ressoar os sinos do templo e os gongos ainda com mais fúria do que antes. Messua chorava, enquanto Buldeo bordava a história da sua aventura, inventando que o lobo que o atacara tinha falado tal qual um homem.

A lua já descia quando Mowgli e os dois lobos alcançaram a Roca do Conselho. O menino dirigiu-se para a caverna de Mãe Loba.

— Expulsaram-me da alcateia dos homens, mãe — gritou ele ao chegar —, e aqui estou com a pele de Shere Khan a fim de cumprir minha palavra.

Mãe Loba, rodeada dos seus lobinhos, apareceu à entrada da cova. Seus olhos chisparam ao ver a pele do tigre.

— Bem disse eu a Shere Khan, no dia em que tentou penetrar nesta caverna, que o caçador seria caçado! Muito bem, Mowgli!

— Muito bem, irmãozinho! — rosnou do lado de fora uma voz. — Ficamos tão solitários no jângal sem você...— e Bagheera veio de um salto juntar-se ao grupo.

Dali dirigiram-se à Roca do Conselho, e Mowgli estendeu a pele do tigre sobre a pedra chata em que Akela costumava sentar-se. Fixou-a com quatro varas de bambu e fez o velho Lobo Solitário pular em cima para desferir o grito de convocação do Conselho, "olhem bem, lobos!", exatamente como no dia da sua apresentação.

Desde o tempo em que o Lobo Solitário se viu deposto, a alcateia ficara sem chefe, caçando e lutando ao bel-prazer de cada um. Não obstante, todos os lobos, por força do hábito, atenderam ao chamado e foram se aproximando. Uns estavam aleijados por terem caído em armadilhas; outros estavam mancos por ferimentos a bala; outros ainda estavam lazarentos, por terem comido carnes contaminadas; muitos tinham desaparecido. Mas vieram os que restavam e viram a pele de Shere Khan estendida sobre a pedra, com as afiadas unhas pendentes. Mowgli, então, improvisou um canto sem rimas, que borbotou espontâneo da sua boca à medida que seus pés dançavam sobre a pele do inimigo. Akela ia marcando o compasso com uivos à lua.

— Olhem, lobos. Cumpri minha palavra ou não? — gritou Mowgli, ao terminar. E os lobos uivaram:

— Sim.

Um deles avançou e disse:

— Chefie-nos de novo, Akela. Estamos fartos desta vida desregrada; queremos voltar a ser o povo livre de outrora. Chefie-nos você também, filhote de homem.

— Não! — protestou Bagheera. — Nunca! Assim que vocês estiverem de estômago cheio, a loucura e o desrespeito imperarão de novo. Não é sem motivo que são chamados de povo livre. Já lutaram pela liberdade absoluta e a tiveram. Comam-na agora, lobos!

— A alcateia dos lobos e a alcateia dos homens expulsaram-me do seu grêmio — disse Mowgli. — De agora por diante caçarei sozinho no jângal.

— E nós com você! — uivaram os quatro lobinhos de Mãe Loba.

E foi assim que Mowgli passou a viver solitário, em companhia apenas dos quatro lobinhos até o dia em que...

Mas isto já é outra história.

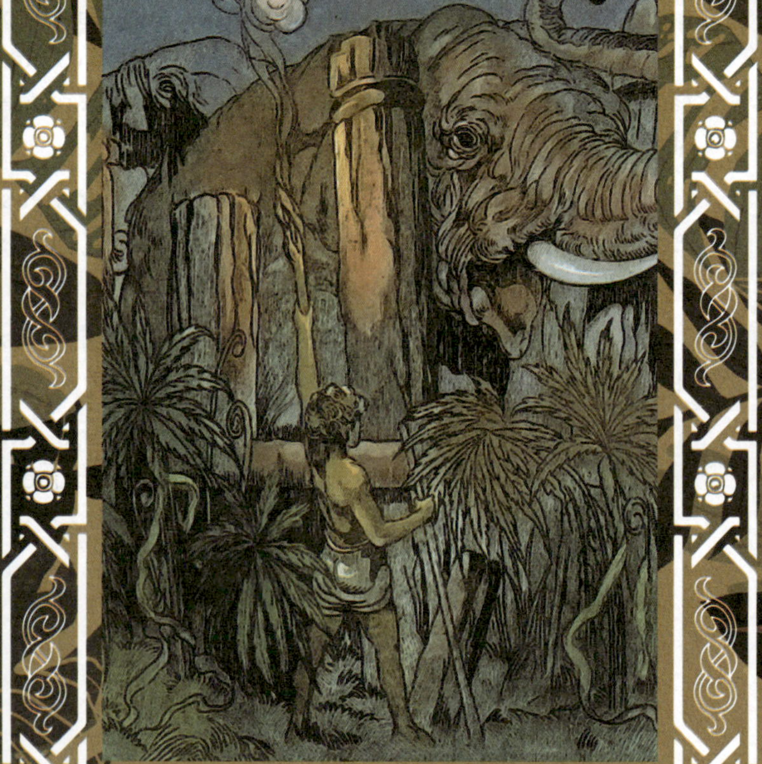

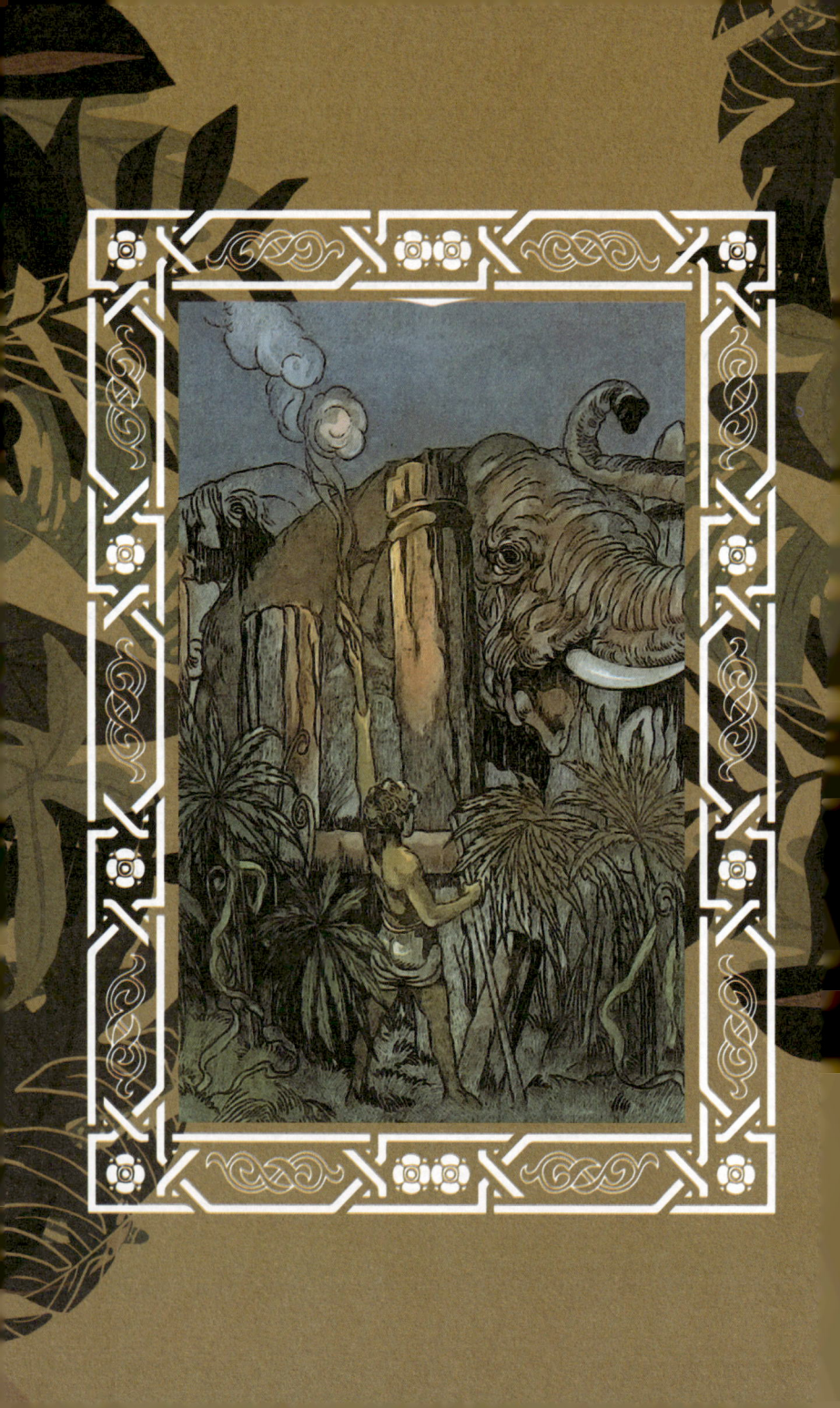

CAPÍTULO IV

O AVANÇO DO JÂNGAL

Vocês devem estar lembrados de que, após haver estendido a pele de Shere Khan sobre a Roca do Conselho, Mowgli declarou aos lobos da alcateia de Seoni que dali por diante caçaria sozinho; e os quatro filhos de Mãe Loba disseram que queriam caçar com ele. Mas não se muda uma vida de um momento para outro, sobretudo no jângal. A primeira coisa que Mowgli fez, quando a alcateia se dispersou, foi abrigar-se na caverna dos seus amigos lobos e dormir todo um dia e toda uma noite. Ao despertar, contou-lhes o que por eles podia ser compreendido das suas aventuras entre os homens, na aldeia; e, quando fez o sol rebrilhar na lâmina da faca que de lá trouxera e com a qual havia esfolado o tigre, os lobos concordaram que Mowgli tinha lucrado alguma coisa. Falaram em seguida Akela e o lobo Cinzento, que explicaram a parte por eles tomada no estouro dos búfalos pela ravina adentro. Baloo subiu o morro para ouvir a história. Bagheera também, e ficou encantada ao conhecer as manobras com que Mowgli havia conduzido a guerra contra Shere Khan.

O sol já ia alto e ninguém pensava em dormir. De vez em quando, Mãe Loba erguia a cabeça e respirava com deleite as brisas que traziam até ali a catinga da pele do tigre.

— Não fossem Akela e o irmão Cinzento, eu nada teria feito — concluiu Mowgli. — Oh, mãe! Se tivesse visto o rebanho de búfalos precipitar-se na ravina e depois investir contra a aldeia quando os homens me apedrejaram...

— Felizmente não vi — respondeu Mãe Loba. — Não suporto ver meus filhos tratados como chacais. Teria jurado vingança contra a alcateia dos homens, poupando apenas a mulher que lhe deu leite. Sim, só pouparia a ela.

— Paz, paz, Raksha! — murmurou Pai Lobo pachorrentamente. — Nossa rãzinha voltou e veio tão cheia de sabedoria que até seu pai lobo tem de beijar-lhe os pés. Fiquem os homens lá com os homens.

Baloo e Bagheera fizeram eco a essas palavras.

— Fiquem os homens lá com os homens.

Mowgli sorria, satisfeito, com a cabeça em repouso sobre o flanco de Mãe Loba. De sua parte só desejava nunca mais ver, ouvir ou cheirar uma criatura humana.

— E se os homens vierem à sua procura, irmãozinho? — perguntou Akela, movendo uma orelha.

— Somos cinco — rosnou o lobo Cinzento, correndo os olhos pelo grupo e batendo os dentes na palavra cinco.

— Temos de esperar pelo revide — observou Bagheera, com um ondular de cauda, pondo os olhos em Baloo. — Mas para que pensar nos homens agora, Akela?

— Por uma razão muito simples — respondeu o Lobo Solitário. — Depois que a pele daquele ladrão rajado foi estendida sobre a Roca do Conselho, voltei à aldeia pelo caminho por onde viemos, a fim de embaralhar ou desfazer as nossas pegadas e desse modo despistar quem as quisesse seguir. Estava no fim do trabalho quando Mang, o Morcego, surgiu à minha frente, pendurado num ramo.

"A aldeia de onde os homens expulsaram Mowgli está zumbindo que nem vespeiro", disse ele.

— Foi por causa de uma grande pedra que lhe atirei — gargalhou Mowgli, que muitas vezes se divertia em atirar pedras nos vespeiros, fugindo para mergulhar na lagoa mais próxima, antes que as vespas o alcançassem.

Akela continuou:

— Perguntei a Mang o que vira por lá. Respondeu que a flor vermelha havia desabrochado nas portas da aldeia, com homens armados de carabinas em redor. Ora, eu sei que os homens não pegam nas carabinas pelo simples prazer de carregá-las — e, isto dizendo, o lobo olhava para as velhas cicatrizes que tinha num dos flancos. — Homens armados devem a esta hora estar procurando o nosso rastro, se é que já não o acharam.

— Por que, pergunto eu? — exclamou num assomo de cólera o menino. — Os homens expulsaram-me de lá. Que mais querem comigo? Que pretendem?

— Você é homem, irmãozinho. Não compete a nós, caçadores livres, dizer o que os seus irmãos homens pretendem — disse Akela.

A faca de Mowgli brilhou no ar, rápida como o relâmpago. Mais rápido ainda o velho lobo fugiu com a pata, fazendo com que o golpe falhasse e a lâmina se enterrasse no chão. Akela era lobo; e, se até cães, degenerados pelo afastamento dos lobos de que procedem, despertam do mais profundo sono ao primeiro e levíssimo contato de uma roda de carro e fogem com o corpo antes que a roda os pegue, não seria um lobo quem iria receber o golpe do menino.

— Da próxima vez — disse Mowgli já calmo e metendo a faca na bainha —, não me misture com os homens. Quando você falar da alcateia dos homens pense duas vezes, não uma só, antes de me incluir nela.

— Nossa! Que dente agudo! — murmurou Akela examinando o corte que a faca abrira no chão. — Mas o fato de você ter vivido entre os homens, irmãozinho, parece que enfraqueceu a rapidez do seu olhar. Falhou no golpe e, mesmo velho como estou, afirmo que teria matado um gamo no espaço de tempo que você gastou com o golpe em falso.

Súbito, Bagheera saltou de pé, com a cabeça esticada, músculos retesados. Farejava o ar. O lobo Cinzento imitou-a. Imobilizou-se à esquerda da pantera para ter nas ventas a débil aragem que vinha da direita. Akela, projetado de salto longe dali, também farejava, agachado.

Mowgli encheu-se de inveja. Podia farejar odores melhor do que qualquer outra criatura humana, mas estava longe da extrema sensibilidade do olfato dos filhos do jângal, pois os três meses passados na aldeia fumarenta embotaram-no bastante. Todavia molhou o dedo, esfregou-o no nariz e pôs-se na ponta dos pés, para farejar o cheiro de um lugar mais alto. O cheiro que é apanhado no alto é o mais seguro, embora seja o mais fraco.

— Homem! — rosnou Akela, caindo em repouso sobre os quartos.

— Buldeo! — completou Mowgli, sentando-se. —

Está seguindo os nossos rastros e o sol reflete-se na sua espingarda. Notem.

Referia-se a um insignificante reflexo de luz que, numa fração de segundo, brilhou no gatilho de bronze do velho mosquete Tower de Buldeo. Mas nada no jângal tem esses reflexos, salvo quando as nuvens soltam coriscos no céu. Um fragmento qualquer de mica, uma poça d'água ou mesmo uma folha lustrosa cintilam como o heliógrafo.

— Eu tinha certeza de que os homens iriam seguir-nos — exclamou Akela com vaidade. — Não foi imerecidamente que alcancei a chefia da alcateia.

Os quatro filhotes de lobo nada disseram, mas esgueiraram-se morro abaixo, sumindo-se nos arbustos como a toupeira some em seu buraco.

Mowgli gritou:

— Para onde vocês vão, assim sem ordem?

— Ora, essa! — responderam eles de longe. — Faremos rolar o crânio do caçador antes que o sol esteja a pino!

— Para trás! Para trás! Homem não come homem — gritou Mowgli.

— Homem? — disse com ironia Akela, enquanto os lobinhos voltavam de cabeça baixa. — Homem? Quem insistia em ser apenas lobo ainda há pouco? Quem me lançou um golpe de faca só porque o misturei com os homens?

— Não vou dar as razões do que decidi! — gritou Mowgli com violência.

— Homem! Homem! Assim falam os homens! — sussurrou Bagheera por entre seus bigodes. — Assim falavam os homens que vi ao redor das jaulas reais em Udaipur. Nós, do jângal, sabemos que o homem é o mais sábio de todos os seres. Mas, segundo as nossas observações, é também o mais louco.

Depois, erguendo a voz:

— O filhote de homem tem razão. Os homens caçam em bando. Matar a um só, isolado, sem saber o que os outros farão depois, é mau negócio. Venham todos. Vejamos o que esse homem quer de nós.

— Ficaremos aqui — rosnou o lobo Cinzento. — Mowgli que cace sozinho. Nós nos entendemos. O crânio do caçador já estaria a estas horas pronto para ser rolado...

Com os olhos cheios de lágrimas e o coração pesado, Mowgli correu a vista pelos lobos; depois, caindo sobre um dos joelhos, disse-lhes:

— Não sei, então, o que faço. Vamos, olhem para mim, nos olhos!

Os lobos o olharam nos olhos, constrangidos, e logo desviaram a cabeça; Mowgli insistiu para que o olhassem de novo, e mais, e mais, até que eles, dominados pela força do seu olhar, sentiram os pelos arrepiarem-se e tremeram sobre as pernas, como que hipnotizados.

— Digam-me agora: qual dentre nós cinco é o chefe?

— Você, irmãozinho — respondeu o lobo Cinzento, vindo lamber-lhe os pés.

— Sigam-me, então — ordenou Mowgli, e os quatro o seguiram, de cauda entre as pernas.

— Esse comportamento vem de ele ter vivido na alcateia dos homens — observou Bagheera, esgueirando-se atrás deles. — Temos aqui, a partir de agora, alguma coisa acima da lei do jângal, Baloo!

O velho urso nada disse; estava profundamente pensativo.

Mowgli cortou a floresta em silêncio, por atalhos, até alcançar o velho caçador de mosquete ao ombro. Buldeo seguia as pegadas do rastro em passinhos de cachorro.

Os leitores lembram-se de que Mowgli havia deixado a aldeia com a pesada carga da pele de Shere Khan às costas, seguido de Akela e do lobo Cinzento; desse modo um rastro tríplice ficara impresso no chão.

Buldeo acabava de chegar ao ponto em que Akela desmanchara essa pista. Sentou-se, tossiu, resmungou; deu depois umas tantas voltas, para ver se encontrava de novo as pegadas, e durante todo esse tempo esteve à distância de uma pedrada dos seus inimigos. Nada mais silencioso do que um lobo que procura não ser ouvido; quanto a Mowgli, movia-se qual sombra, embora seus companheiros achassem que ele se movia com espalhafato. Assim, rodearam o velho caçador como um bando de cetáceos rodeia o navio que vai a toda velocidade e, enquanto o rodeavam, conversavam despreocupadamente, pois o tom caíra a um nível baixo demais para que ouvidos humanos pudessem ouvi-los.

— Isso é melhor que qualquer caçada — disse o lobo Cinzento divertido, vendo Buldeo abaixar-se, examinar o chão e praguejar. — Parece um porco perdido na floresta. O que ele diz?

Buldeo resmungava continuamente. Mowgli traduzia.

— Diz que um bando de lobos deve ter dançado ao meu redor. Diz que nunca em sua vida encontrou rastros como estes. Diz que está cansado.

— Descansará antes que encontre de novo a pista — murmurou friamente a pantera, ao esconder-se atrás de um tronco, no jogo de cabra-cega que brincavam. — E agora, o que ele está fazendo?

— Comendo e soltando fumaça pela boca. Os homens sempre estão brincando com a boca — respondeu Mowgli.

Os cautelosos perseguidores do caçador, vendo-o

encher e acender o cachimbo, do qual tirou longas baforadas, fixaram na memória o cheiro do tabaco, de modo a poderem identificar a pessoa de Buldeo dentro da noite mais escura, se necessário fosse.

Neste momento um grupo de carvoeiros, que passava perto, veio ter com Buldeo, cuja fama de caçador notável era conhecida num raio de mais de 30 quilômetros. Sentaram-se todos, fumando, sob os olhos atentos de Bagheera e dos lobos, e Buldeo contou toda a história de Mowgli, o menino-diabo, com acréscimos de pura invenção. Contou como ele, Buldeo, havia matado Shere Khan e como o menino se transformara em lobo e lutara com ele toda a tarde; também contou como voltara a ser menino outra vez e enfeitiçara o mosquete, de modo que, ao atirar contra Mowgli, a bala se desviou indo acertar um búfalo; e de como a aldeia, que sabia ser ele, Buldeo, o mais valente caçador de Seoni, o incumbira de dar cabo do menino-diabo. Contou também que o povo havia prendido Messua e seu marido, genitores, sem dúvida, do menino-diabo, os quais iriam ser submetidos à tortura para que se confessassem feiticeiros. Depois seriam queimados.

— Quando? — indagaram os carvoeiros, ansiosos por assistirem à cerimônia.

Buldeo respondeu que nada seria feito antes da sua volta, porque a aldeia desejava que o menino fosse morto primeiro. Só depois disso dariam cabo de Messua e do marido, apossando-se dos seus búfalos e terras. Ótimo isso de destruir os feiticeiros, ponderava Buldeo, com o pensamento na partilha dos búfalos; gente que lida com meninos-lobos é sem dúvida a pior laia de feiticeiros.

Mas, perguntavam os carvoeiros, que acontecerá se os ingleses tiverem conhecimento disso? Os ingleses, eles bem sabiam, eram homens maus, que não gostavam que honrados agricultores matassem sossegadamente feiticeiros. Buldeo respondeu que os cabeças da aldeia declarariam que Messua e o marido teriam sido mortos por picadas de cobra; tudo estava arranjado, e a coisa única que restava a fazer para dar início à trama era matar o menino-lobo. Não teriam eles por acaso visto por ali semelhante criatura?

Os carvoeiros correram os olhos derredor, cautelosos, e agradeceram às suas estrelas não o terem visto nunca; mas confessaram que não tinham dúvidas de que um tão valente caçador como Buldeo logo o apanharia. O sol ia descambando. Os carvoeiros lembraram-se de chegar ao vilarejo a fim de espiar a feiticeira. Buldeo alegou que, embora seu serviço fosse matar o menino-lobo, não poderia consentir que homens desarmados se aventurassem pela floresta sem escolta. O demoninho era capaz de aparecer e atacá-los. Por isso os acompanharia e, se o filho do feiticeiro surgisse, bem, mostraria mais uma vez quem era realmente o maior caçador de Seoni. O brâmane tinha-lhe dado uma figa que o punha a salvo de qualquer malefício.

— O que ele está dizendo? O que ele está dizendo? — repetiam os lobos a cada passo, e Mowgli ia traduzindo tudo quanto podia entender, feitiçaria era coisa nova para ele, e disse que estavam presos na aldeia a mulher e o homem que haviam sido bons com ele.

— Homens prendem homens? — indagou Bagheera.

— Assim conta Buldeo. Não compreendo muito bem a conversa. Parecem-me loucos, todos eles. Que fizeram Messua e seu marido para que mereçam prisão? E que história é essa de serem devorados pela flor vermelha? Tenho de evitar isso. Mas o que quer que pretendam fazer a Messua, não o farão antes do regresso de Buldeo. Sendo assim...

Mowgli procurava firmar-se numa ideia. Estava de testa franzida, com a mão no punho da faca. Enquanto isso, os carvoeiros levantaram-se e seguiram Buldeo em fila.

— Vou à alcateia dos homens — resolveu Mowgli, por fim.

— E esses loucos? — perguntou o lobo Cinzento, com olhos coléricos na fila dos carvoeiros.

— Desviem-nos do caminho certo — respondeu

Mowgli com uma careta. — Não quero que cheguem às portas da aldeia antes da noite. Será que vocês podem atrapalhá-los?

O lobo Cinzento arreganhou os dentes com desprezo.

— Podemos fazê-los andar a noite inteira em círculos, como cabras na corda. Conheço os homens.

— Não é preciso tanto. Basta que os atrapalhem por algum tempo antes que tomem a estrada. Não creio que para isso seja necessário grande esforço, irmão Cinzento. E você, Bagheera, ajudará no trabalho. Quando a noite cair, esperem por mim perto da aldeia. O irmão Cinzento conhece o lugar.

— Não é fácil trabalhar para o filhote de homem. Quando tirarei a minha soneca? — perguntou Bagheera num bocejo, embora seus olhos demonstrassem como estava encantada com a perspectiva daquele divertimento. — Eu, a Pantera Negra, feita comparsa de um homenzinho nu! Mas experimentemos isso.

Para começar, a pantera baixou a cabeça, de modo que o som pudesse caminhar longe, e desferiu o grito de "boa caçada!", grito da meia-noite soltado à tardinha, aterrorizante. Mowgli ouviu o grito erguer-se, ecoar e morrer transformado numa espécie de uivo queixoso atrás de si. Atrás porque na carreira em que ia já estava longe. Percebeu que os carvoeiros se juntavam em grupo e que em torno deles rondava Buldeo, erguendo e baixando o mosquete qual folha de bananeira oscilada pelo vento. Então o lobo Cinzento desferiu o seu grito de caça de quando a alcateia persegue nilgó, o grande antílope cinzento, e esse uivo parecia vir dos extremos da terra. Os demais lobos espalhados pelo jângal responderam em coro, e Mowgli percebeu que toda a alcateia uivava em uníssono o canto da madrugada, com todas as finuras, nuanças e notas sutis que as gargantas dos lobos sabem modular.

Nada pode dar ideia desse canto nem do uivo em coro que os quatro amigos de Mowgli escandiam, qual estribilho, de espaço em espaço. De longe o menino ouviu estalarem galhos. Eram os homens de Buldeo, que trepavam às árvores, enquanto o velho caçador repetia as palavras mágicas que o brâmane lhe ensinara. Então eles se deitaram e dormiram, porque, como todos os que vivem de seu próprio esforço, encaravam as coisas metodicamente: ninguém pode trabalhar bem sem dormir.

Enquanto isso, Mowgli caminhava a passos largos encantado por se ver tão ágil, apesar dos duros meses passados entre os homens. Uma única ideia o absorvia: arrancar Messua e o marido da reclusão em que se achavam, qualquer que fosse ela, pois Mowgli detestava toda a sorte de prisões. Depois acertaria as contas com a gente da aldeia.

Amanhecia quando chegou aos campos cultivados e viu a dhak, árvore debaixo da qual o lobo Cinzento esperara por ele no dia da morte de Shere Khan. Irritado como se achava contra a alcateia dos homens, algo lhe apertou a garganta ao divisar os primeiros tetos do vilarejo. Notou que todos os habitantes haviam regressado dos campos mais cedo e que, em vez de estarem nas suas ocupações normais, preparando-se para a ceia de costume, estavam reunidos sob a figueira, muito excitados, num bate-boca sem fim.

"Os homens só se sentem satisfeitos quando armam cilada para outros homens", pensou Mowgli. "A noite passada era para mim. Hoje é para Messua e seu marido. Amanhã e por muitas noites ainda será para mim outra vez."

Esgueirou-se ao longo do muro que circundava a aldeia até frontear a janela da casinha de Messua. Espiou para dentro. Lá a viu, amarrada de pés e mãos, respirando com dificuldade e gemendo. Ao seu lado, o marido, atado aos pés da cama. A porta da casinha, que abria para a rua, estava trancada, e três ou quatro homens sentavam-se por ali, de costas para ela.

Mowgli conhecia muito bem os costumes e hábitos daquela gente. Sabia que, enquanto pudessem comer, conversar e fumar, não fariam outra coisa, mas que, logo depois de terem comido, conversado e fumado, tornavam-se perigosos. Buldeo mais cedo ou mais tarde chegaria e teria uma nova história muito interessante para contar. Assim refletindo, Mowgli entrou pela janela e, aproximando-se dos prisioneiros, cortou-lhes as cordas, soltou-os e olhou em torno à procura de leite.

Messua estava apavorada com a dor, pois havia sido apedrejada de manhã, e Mowgli pôs-lhe a mão na boca a tempo de impedi-la de gritar. Seu marido, que se mostrava desvairado, logo se sentou, puxando as barbas revoltas e sujas.

— Eu sabia... eu sabia que ele voltava — soluçou Messua por fim. — Agora já não tenho dúvida de que é meu filho — e abraçou Mowgli bem junto ao coração. O menino, até ali perfeitamente senhor de si, começou a tremer, o que muito o surpreendeu.

— Para que todas estas cordas? Por que amarraram a ambos? — perguntou após breve pausa.

Messua nada respondeu, e Mowgli fixou os olhos em suas feridas, rangendo os dentes quando viu sangue.

— Que é isto, afinal?

— Oh! Isto é uma conjura de toda a aldeia — respondeu o homem. — Eu era muito rico, possuía muito gado. Por isso fomos acusados de feitiçaria, sob o pretexto de havermos dado abrigo para você.

— Não o compreendo — disse Mowgli. — Deixe que Messua me explique o caso.

— Dei leite para você, Nathoo, lembra? — começou Messua timidamente. — Porque era meu filho, o filho que o tigre me tomou, e porque o amava de todo o coração. Eles acusaram-me de ser mãe de um demônio e por isso merecia morrer.

— O que é demônio? — perguntou Mowgli. — Morte sei o que é.

O homem olhou-o com tristeza, mas Messua sorriu.

— Veja! — exclamou ela para o marido. — Eu sabia... eu sabia que ele não era feiticeiro. Apenas meu filho... meu filho.

— Filho ou feiticeiro, de que nos adianta isso? — respondeu o homem. — Vão matar-nos.

— O caminho do jângal está livre — disse Mowgli apontando para a janela aberta — e vocês têm as mãos e os pés livres. Fujam!

— Nós não conhecemos o jângal, meu filho, como... como você conhece — começou Messua. — Não creio que possamos ir muito longe.

— E os homens e as mulheres iriam em nosso encalço e nos arrastariam para cá de novo — disse o marido.

— Hum! — murmurou Mowgli, batendo com a

palma da mão no cabo da faca. — Eu não quero fazer nenhum mal à gente daqui, por enquanto. Mas não creio que retenham vocês. Dentro em pouco terão muito a refletir sobre o caso. Ah! — exclamou com a cabeça ereta, ouvindo um tumulto que começara do lado de fora. — No fim das contas eles não conseguiram impedir que Buldeo viesse...

— Buldeo foi mandado esta manhã a sua procura, para matá-lo — disse Messua. — Não o viu por lá?

— Sim, encontrei-o. Buldeo traz uma nova história para contar e, enquanto a conta, teremos tempo para tudo. Mas antes de mais nada preciso saber como pretendem agir. Pensem bem e chamem-me quando decidirem.

Mowgli disse e saltou pela janela, esgueirando-se ao longo do muro da aldeia, por fora, até frontear a figueira das reuniões, onde o vozerio era intenso. Dali ouviria tudo. Buldeo estava sentado, tossindo e resmungando, dentro do tumulto de perguntas que lhe eram feitas. Seus cabelos caíam sobre os ombros; suas mãos e pernas estavam arranhadas de espinhos. Sentia dificuldade em falar, mas percebia nitidamente a importância da sua posição. De tempo em tempo murmurava alguma coisa sobre os diabos — diabos cantores e encantamentos maravilhosos — para criar na multidão uma expectativa do que pretendia narrar. Depois pediu água.

— Bah! — exclamou Mowgli. — Conversa fiada,

palavrório só. Os homens são irmãos de sangue dos bandar-log. Agora ele quer lavar a boca com água, depois vai querer fumar e, depois de tudo isso, ainda há a sua história para contar. São um povo muito sensato, os homens! Deixarão Messua sem guarda enquanto durarem as lorotas de Buldeo. E... parece que fiquei tão lerdo quanto eles!

Mowgli sacudiu-se e voltou rápido à casinha de Messua. Ao alcançar a janela sentiu tocarem-lhe nos pés.

— Mãe Loba, o que faz aqui?

— Ouvi meus filhos cantarem o canto da madrugada, longe, na floresta, e vim atrás do que mais amo. Rãzinha, quero conhecer a mulher que lhe deu leite — concluiu Mãe Loba, toda rebrilhante de gotas de orvalho.

— Eles a amarraram e querem matá-la. Cortei-lhe as cordas, e agora vai com o seu homem para o jângal.

— Eu os acompanharei. Estou velha, mas ainda tenho dentes — disse Mãe Loba, ajeitando-se no muro para melhor espiar dentro da casinha.

Num segundo imobilizou-se e tudo quanto disse foi:

— Eu dei para você o primeiro leite, mas Bagheera tem razão. O homem volta ao homem, no fim.

— Pode ser — Mowgli concordou de má vontade. — Esta noite, estou muito longe disso. Espere aí, não deixe que ela a veja.

— Você nunca teve medo de mim, Rãzinha — observou Mãe Loba voltando a mergulhar nas ervas altas, como os lobos sabem fazer.

— Agora — Mowgli contou a Messua, penetrando de novo na casinha — todos estão à volta de Buldeo, que conta o que não houve. Logo que se acabe a tagarelice, virão para cá em tumulto a fim de queimar vocês com a flor vermelha. E então?

— Já conversei com o meu homem — disse Messua. — Khanhiwara fica a 48 quilômetros daqui, mas em Khanhiwara temos os ingleses...

— A que alcateia pertencem?

— Não sei. Os ingleses possuem a pele branca e dizem que governam este país inteiro e não admitem que se queime ninguém. Se conseguirmos chegar até lá, estaremos salvos.

— Salvem-se, então. Nenhum homem sairá da aldeia esta noite. Mas... o que ele está fazendo? — indagou Mowgli, ao ver o marido de Messua escavar a terra a um canto da cabana.

— Ele tem um pouco de dinheiro escondido. Nada mais poderemos levar — respondeu Messua.

— Ah, sim. Essas rodelinhas que correm de mão em mão e nunca se esquentam. Usam-nas fora desta aldeia também?

O homem olhou para o menino com ar de cólera.

— Ele não é diabo nenhum, é apenas bobo — murmurou. — Com este dinheiro comprarei um cavalo. Estamos muito machucados para empreender a jornada a pé; além disso, o povo seguiria nossos rastros dentro de uma hora.

— Fiquem sossegados, ninguém os seguirá, a menos que eu permita; mas a ideia do cavalo é boa, pois Messua está cansada — advertiu Mowgli.

O homem pôs-se de pé e amarrou todas as suas rúpias em torno da cinta, enquanto Mowgli ajudava Messua a pular a janela. O frescor da noite logo a reanimou, embora o jângal, ao longe, sob as estrelas, lhe parecesse terrível.

— Conhecem o caminho de Khanhiwara? — sussurrou Mowgli.

Ambos fizeram que sim com a cabeça.

— Nada de medo, então, e nada de pressa. Ouvirão por algum tempo o canto do jângal. Não se assustem com isso.

— Julga que arriscaríamos entrar à noite no jângal, a não ser pelo medo de sermos queimados? Antes mortos pelas feras do que pelos homens — disse o marido de Messua.

Messua, porém, olhou para Mowgli e sorriu.

— Eu digo — prosseguiu Mowgli, como se fosse Baloo que estivesse falando com filhotes ingênuos —, que nenhum dente no jângal se arreganhará contra vocês, nenhuma pata se erguerá contra vocês. Nem animal nem homem vão detê-los durante a jornada para Khanhiwara. Serão protegidos.

Depois, voltando-se para Messua:

— Ele não acredita, mas você sabe que é verdade, não?

— Mas é claro, meu filho. Homem, fantasma ou lobo do jângal: eu acredito em você.

— Ele ficará apavorado quando ouvir o canto do jângal, o canto do meu povo. Você não; você compreenderá tudo. Vão agora e devagar; nada de pressa. As portas da aldeia estão fechadas.

Messua lançou-se soluçante aos pés de Mowgli, que a ergueu com um tremor no corpo. Então ela pendurou-se ao pescoço dele e disse-lhe todos os nomes de bênçãos que sabia. Enquanto isso seu marido olhava rancorosamente para os campos, resmungando:

— Se eu alcançar Khanhiwara e puder ser ouvido pelos ingleses, proporei uma demanda contra esta gente, o brâmane, o velho Buldeo e os outros, e roerei a aldeia até os ossos. Hão de pagar em dobro as colheitas e rebanhos que vou abandonar. Hei de conseguir justiça.

Mowgli sorriu.

— Não sei o que é justiça, mas se voltar na próxima estação chuvosa verá o que resta da aldeia...

Saíram rumo ao jângal e Mãe Loba surgiu do seu esconderijo.

— Siga-os — pediu Mowgli — e veja que todo o jângal saiba que eles têm passaporte. Vá espalhando a notícia. Agora vou chamar Bagheera.

O grito de apelo à pantera soou, fazendo o marido de Messua estremecer e entreparar, indeciso.

— Adiante! — gritou Mowgli alegremente. — Lembre-se de que falei de umas cantorias. Esse grito há de se repetir até Khanhiwara. É a palavra de senha do jângal.

Messua impeliu seu homem para a frente, ao mesmo tempo em que Mãe Loba e Bagheera surgiram quase sob os pés de Mowgli, trêmulas do deleite da noite.

— Estou envergonhada dos seus irmãos lobos — disse a pantera.

— Por quê? Não atrapalharam Buldeo lindamente? — admirou-se Mowgli.

— Muito bem, bem demais. Fizeram-me até perder o orgulho e, pelo ferrolho a que devo a liberdade, sair cantando pelo jângal como se a primavera tivesse chegado. Não me ouviu?

— Estava muito preocupado com outras coisas. Mas pergunte para Buldeo se ele ouviu o seu canto... Onde estão os quatro? Não quero que ninguém saia da aldeia esta noite, ouviu?

— Para que os quatro? — perguntou Bagheera rebolando as ancas, olhos em fogo, o ronrom cada vez mais alto. — Eu poderei contê-los a todos, sozinha, irmão. Haverá matança no fim. O canto de apelo e a visão dos homens trepados nas árvores puseram-me elétrica. Que é o homem para que nos cause apreensão? Esse cavouqueiro escuro, sem pelos nem dentes, comedor de coisas do chão por acaso pode me causar medo? Eu os segui o dia todo quando o sol estava alto. Tangi-os como os lobos tangem rebanhos de gamos. Sou Bagheera, Bagheera, Bagheera! Assim como danço com a minha sombra, dancei com aqueles homens. Veja!

A grande pantera negra saltou como salta um gatinho sob a folha morta que desce girando da árvore; desferiu golpes à esquerda e à direita no ar, fazendo-o zumbir; saltou várias vezes e ao voltar à terra rosnou de forma que lembrava o chiado de vapor escapando da caldeira.

— Sou Bagheera, filha do jângal e da noite, e minha força está toda em mim mesma. Quem resiste a meus golpes? Filhote de homem, com um só tabefe posso deixar sua cabeça chata como um sapo morto.

— Bata, então — desafiou Mowgli no dialeto da

aldeia e não na língua do jângal, e aquelas palavras humanas fizeram Bagheera armar o bote.

Uma vez mais Mowgli a encarou como havia encarado os lobinhos rebeldes; encarou-a em cheio nos olhos verde-berilo, até que o esplendor rubro que se esconde atrás desse verde se apagasse, como a luz do farol se apaga a 30 quilômetros de distância sobre o mar. Os olhos da pantera baixaram e com eles a cabeçorra e mais, e mais, e mais, até que uma língua vermelha veio lamber os pés do menino.

— Irmã, irmã, irmã! — exclamou Mowgli alisando-lhe, cariciosamente, o pescoço luzidio. — Cale-se. A culpa é da noite, não sua.

— Foram os cheiros da noite, sim — concordou Bagheera penitentemente. — Este ar me chama ardentemente. Mas como você sabe disso?

O ar em torno das aldeias indianas recende a mil sortes de cheiros e, para uma criatura que forma quase todos os seus pensamentos por meio da sensação olfativa, o cheiro é tão entontecedor como a música ou as bebidas para os seres humanos. Mowgli acariciou a pantera por alguns minutos mais, conservando-a deitada diante do fogo, as patas sob o peito, os olhos semicerrados.

— Você é do jângal e você não é do jângal — murmurou Bagheera por fim. — Já eu não passo de uma simples pantera negra. Mas tenho amor por você, irmãozinho.

— Eles estão numa conversa muito comprida sob a figueira — observou Mowgli mudando de assunto. — Buldeo conta histórias. Breve irão arrancar a mulher e o seu homem da armadilha de barro, onde os prenderam, para lançá-los na flor vermelha, e encontrarão o local vazio. Ha-ha!

— Agora ouça — disse Bagheera. — A febre já abandonou meu corpo. Deixe-me ir esperá-los lá. Poucos sairão de sua casa depois de terem me encontrado. Não seria para mim a primeira vez que fico dentro de uma jaula, e não creio que desta vez me amarrem com cordas.

— Seja prudente — aconselhou Mowgli, rindo e já tão inquieto como a pantera, que se esgueirara para dentro da casa.

— Bah! — rosnou Bagheera. — Este lugar cheira a criaturas humanas, mas aqui vejo uma cama parecida com uma que possuí nas jaulas do rei, em Udaipur. Vou deitar-me nela... — e Mowgli ouviu a cama ranger sob o peso da pantera. — Pelo ferrolho que quebrei — continuou Bagheera —, eles vão pensar que me apanharam! Aproxime-se e sente-se ao meu lado, irmãozinho. Nós lhe daremos "boa caçada!" juntos.

— Não; tenho outra ideia no estômago. A alcateia dos homens de modo algum deve saber que tomei parte nesse jogo. Faça o que quiser, mas eu não quero vê-los mais.

— Assim seja — disse Bagheera. — Ah, lá vêm vindo eles!

A conferência sob a figueira terminara. Entre gritos selvagens, uma onda de homens e mulheres, brandindo facas, foices e paus, precipitou-se pelas ruas. Buldeo e o brâmane vinham à frente. A multidão seguia-os gritando:

— Abaixo a feiticeira e o mago! Veremos se moedas em brasa não os farão confessar. Queimemos a casa com os dois dentro! Havemos de lhes ensinar como receber lobos-diabos! Archotes! Mais archotes! Buldeo, prepare a espingarda!

Ao chegarem à casa de Messua, houve embaraço com a porta, que fora trancada por dentro. Eles, porém, a despedaçaram e a luz dos archotes invadiu o quarto onde, espichada na cama, negra como piche, terrível como o demônio, Bagheera os esperava. Houve meio minuto de apavorado silêncio, enquanto os da primeira fila forçaram o recuo para fora, e nesse meio minuto Bagheera ergueu a cabeça e bocejou um bocejo elaborado, ostensivo, estudadíssimo, como o que usava quando queria insultar um da sua raça. Sua beiçorra negra arreganhou-se para trás e para cima, ao mesmo tempo que a língua vermelha se espichava qual ponto de interrogação; a maxila inferior se abriu até mostrar o fundo da garganta; a alva dentuça entreabriu-se lenta para depois fechar-se de brusco, soando metálica qual porta de cofre-forte.

A rua ficara deserta. Bagheera, que tinha saltado pela janela e permanecia ao lado de Mowgli, viu ao longe uma torrente de criaturas tomadas de pânico, atropelando-se na precipitação de chegar até as suas casas.

— Eles não mais aparecerão antes que o sol rompa — previu Bagheera. — E agora?

Um silêncio de sesta havia surpreendido a aldeia, mas Mowgli percebeu que dentro das casas se arrastavam caixas e outros móveis pesados para o escoramento das portas. Bagheera tinha razão. Ninguém apareceria antes que o sol rompesse. Mowgli sentou-se, calado e pensativo, com o rosto sombrio.

— Que fiz eu? — indagou Bagheera, vindo acariciar-lhe os pés.

— Nada de mau. Agora vá proteger os meus fugitivos até que o sol rompa. Vou dormir — disse Mowgli e correu para o jângal, onde, caindo pesadamente sobre uma laje, dormiu toda a noite e todo o dia seguinte.

Quando acordou, Bagheera estava ao seu lado, com um gamo que acabara de abater. A pantera acompanhou, curiosa, o trabalho da faca de Mowgli no carneamento da caça. O rapaz comeu e bebeu; depois sentou-se, o queixo apoiado nas mãos.

— O homem e a mulher chegaram sãos e salvos aos arredores de Khanhiwara — disse Bagheera. — Tua

Mãe Loba mandou avisá-lo por Chil, o Abutre. Antes da meia-noite conseguiram um cavalo e seguiram rápido. Não correu tudo bem?

— Muito bem — confirmou Mowgli.

— E os seus homens da aldeia não se mexeram a noite inteira. Só depois que o sol rompeu é que puseram o nariz de fora.

— Por acaso não viram você?

— Decerto que viram. Pela manhã eu ainda estava espojando-me no pó à entrada da aldeia e, se não me engano, cantei alguns dos meus cantos. Agora, irmãozinho, não há mais nada o que fazer. Venha caçar comigo e com Baloo. Baloo tem novas colmeias para você, e no jângal todos desejamos sua volta. Desamarre essa cara que até a mim mete medo. O homem e a mulher não serão devorados pela flor vermelha e tudo corre bem no jângal, não é verdade? Esqueçamos dos homens.

— Serão esquecidos... Onde está pastando Hathi?

— Onde lhe apraz. Quem pode saber por onde anda o Silencioso? Mas o que conseguiria Hathi fazer mais do que nós?

— Peça a ele que venha falar comigo, ele e os filhos.

— Irmãozinho, ninguém vai dizendo para Hathi: venha ou vá. Você se esquece de que ele é o senhor do jângal e que, antes que a alcateia dos homens mudasse seu pensamento, ele lhe ensinou as palavras-senhas do jângal.

— Tenho uma palavra-senha que fará Hathi vir. Primeiro, peça-lhe que venha se encontrar com Mowgli, a Rã, e, caso não lhe dê ouvidos, fale para ele sobre o saque dos campos de Bhurtpore.

— O saque dos campos de Bhurtpore — repetiu Bagheera duas ou três vezes, para decorar bem a senha. — Já vou. Hathi pode facilmente ser lançado na pior cólera, mas eu daria uma caçada à lua para conhecer uma senha a que ele obedeça.

Bagheera partiu e deixou Mowgli esfaqueando furiosamente o chão. Jamais ele havia visto sangue humano até o dia em que viu, e até mais do que isso, cheirou o sangue de Messua nas cordas que a amarravam. E Messua tinha sido boa para ele, e ele a amava tanto quanto detestava o resto do gênero humano. Entretanto, por mais que o homem lhe repugnasse com as suas mentiras, a sua crueldade, a sua covardia, por coisa alguma tiraria uma vida humana, nem aspiraria de novo aquele terrível cheiro de sangue. Seu plano era mais simples, embora completo. E Mowgli riu para si mesmo ao lembrar que havia sido uma das histórias de Buldeo contada sob a figueira que lhe dera a ideia.

— Era, de fato, uma palavra-senha — sussurrou

Bagheera ao regressar. — Os quatro estavam pastando perto do rio e obedeceram a ela como se fossem bois. Olhe! Lá vêm eles!

Hathi e seus três filhos chegaram, como de costume sem barulho, ainda com a lama do rio nos flancos. Hathi mascava pensativamente os brotos macios de um plátano arrancados com a tromba. Mas cada linha do seu grande corpo mostrava a Bagheera que, em face do filhote de homem, o elefante não era o senhor do jângal e sim um ser que tinha medo, posto frente a um que não tinha medo. Seus três filhos balançavam o corpanzil atrás dele.

Mowgli apenas ergueu a cabeça quando Hathi o saudou com o "boa caçada!" de costume. Deixou-o ficar por muito tempo naquele balanceamento de corpo, alternando as patas para descansar; e, quando abriu a boca para falar, dirigiu-se à pantera, não ao elefante.

— Vou contar uma história que ouvi de um dos caçadores que você atropelou ontem — começou Mowgli. — Trata-se da história de um elefante, velho e sábio, que caiu numa armadilha e foi ferido por uma estaca pontuda que havia no fundo. Foi ferido com um corte contínuo, desde rente ao casco até o topo do ombro, e disso ficou com uma larga cicatriz branca, como se tivesse sido marcado a ferro quente.

Mowgli fez uma pausa, depois continuou:

— Os homens vieram tirá-lo da armadilha, mas as cordas com que o amarraram se partiram, e o elefante escapou, fugindo para longe e longe ficando até que o ferimento cicatrizasse. Então voltou, cheio de cólera, às terras desses caçadores, durante a noite. Recordo esse fato agora que ele tem três filhos, pois é coisa sucedida há muitas e muitas chuvas atrás, em Bhurtpore. Que aconteceu aos campos desses caçadores, pela época das colheitas, Hathi?

— As colheitas foram recolhidas por mim e pelos meus filhos.

— E o aramento da terra para novas plantações depois da colheita? — perguntou Mowgli.

— Nunca mais se arou aquele chão — respondeu Hathi.

— E o que sucedeu aos homens que viviam dessas plantas que saem do chão?

— Sumiram de lá.

— E as cabanas em que esses homens moravam?

— Nós desmantelamos os tetos; o mato, depois, engoliu as paredes.

— E o que mais houve?

— Os campos foram invadidos pelo jângal, de norte a sul, de leste a oeste, numa área que levo duas noites para percorrer. Foram, assim, engolidas pelo jângal cinco aldeias, e nessas aldeias, em seus campos de cultura e pastos, não existe hoje um homem só que tire alimento da terra. Esse foi o saque dos campos de Bhurtpore, que eu e os meus fizemos. Agora pergunto: como a notícia disso chegou ao filhote de homem?

— Um homem me contou tudo, e agora vejo que até Buldeo pode falar a verdade. Foi trabalho bem-feito, Hathi, mas da segunda vez vai ser mais bem-feito ainda, porque o novo saque será dirigido por um homem. Você conhece, Hathi, a alcateia de homens que me expulsou? Gente preguiçosa, insensata e cruel, gente que brinca com a boca e mata os mais fracos não para comer, mas por esporte. Quando está de estômago cheio é capaz de tudo, até de lançar um dos seus à flor vermelha. Isso vi com meus olhos. Não fica bem, pois, que tal gente continue a viver na aldeia por mais tempo. Eu a detesto!

— Mate-os, então — sugeriu o mais moço dos filhos de Hathi, arrancando um tufo de capim, cuja terra sacudiu de encontro às pernas, para depois o lançar longe, enquanto seus olhos espiavam furtivamente de um lado para outro.

— Para que quero ossos brancos? — respondeu Mowgli com ímpeto. — Sou por acaso um filhote de lobos para brincar ao sol com cabeças decepadas? Matei Shere Khan, e sua pele está apodrecendo na Roca do

Conselho. Quero agora arrasar a aldeia. Deixe que o jângal a invada, Hathi!

Bagheera estremeceu e agachou-se. Podia compreender um assalto à aldeia, com tapas à direita e à esquerda na multidão apavorada ou uma hábil matança de homens distraídos nos trabalhos dos campos; mas aquele plano de deliberadamente eliminar uma aldeia inteira dos olhos dos homens e dos filhos do jângal a apavorava. Era para aquilo que Mowgli mandara buscar Hathi! Somente o velho elefante era capaz de conduzir tal empresa.

— Façamos com que fujam como fugiram os homens dos campos de Bhurtpore, de modo que voltemos a ter lá apenas a água das chuvas como único arado e o ruído das gotas caindo sobre as folhas, em vez do ruído das rocas de fiar, e Bagheera e eu alojados na casa do brâmane, e os gamos bebendo na fonte detrás do templo! Hathi, Hathi, estenda o jângal até a aldeia, Hathi!

— Mas eu... mas nós não temos questões com a gente dessa aldeia e, sem ser movidos pela cólera rubra que a grande dor causa, não poderemos destruir as armadilhas de palha e barro onde os homens dormem — respondeu Hathi, vacilante.

— Serão vocês, os elefantes, os únicos comedores de erva do jângal? Traga os outros. Faça com que venham os gamos, e javardos, e nilgós. Não haverá necessidade de você mostrar um palmo da sua pele antes que as plantações estejam destruídas. Estenda o jângal até a aldeia, Hathi!

— Não haverá matança? Minhas presas ficaram rubras no saque dos campos de Bhurtpore e eu não quero nunca mais sentir o cheiro do sangue.

— Nem eu. Nem quero que os ossos dessa gente fiquem sobre a terra limpa de sua presença. Que vão para outras plagas à procura de novos antros. Tais criaturas não podem por mais tempo permanecer aqui. Vi o sangue, cheirei o sangue da mulher que me deu alimento, da mulher boa que quiseram matar por minha causa. Somente o cheiro vivo da vegetação nova crescendo na soleira das portas poderá apagar o cheiro de sangue que tenho no nariz. Sinto-o queimando o meu nariz. Hathi, Hathi, estenda o jângal até a aldeia, Hathi!

— Ah! — exclamou o elefante. Do mesmo modo me queimou a cicatriz até o dia em que vimos as cinco aldeias subverterem-se dentro da vegetação da primavera! Compreendo-o agora. Sua guerra será a nossa guerra. Haveremos de estender o jângal sobre a aldeia, irmãozinho!

Antes que Mowgli voltasse a si do acesso de cólera e ódio que o empolgava, Hathi e seus filhos puseram-se em marcha. Bagheera ficou de olhos fixos no menino-lobo, dominada pelo pânico.

— Pelo ferrolho que me libertou! — rugiu ela por fim. — Será que você é aquela coisinha nua a favor de quem falei no Conselho, há alguns anos? Senhor do jângal! Quando minhas forças se extinguirem, fala também a favor de mim, de Baloo, fala a favor de todos nós! Somos débeis filhotes diante de você! Somos galhinhos secos sob o pé que passa! Somos veadinhos que perderam a mãe!

A ideia de Bagheera comparar-se a um veadinho sem mãe curou Mowgli completamente; riu e soluçou, e riu e soluçou de novo, até que se lançou à água a fim de terminar com o riso. Por longo tempo nadou, mergulhando de tempos em tempos sob a lua, como a rã, de que trazia o apelido.

Por esse tempo, Hathi e seus filhos já estavam em marcha silenciosa pelo vale abaixo, longe dali, cada qual numa direção. Por dois dias caminharam, percorrendo 96 quilômetros através do jângal; e cada passo que davam, cada movimento de suas trombas eram notados por Mang e Chil, pelo povo macaco e todas as aves. Ao final de dois dias, detiveram-se para pastar — e pastaram na maior calma por toda uma semana. Hathi e seus filhos são como Kaa, a Serpente da Rocha. Nunca se apressam antes do momento exato.

A partir desses dias, e ninguém sabe como isso começou, um rumor de origem desconhecida espalhou-se pelo jângal: que em um certo vale havia muito melhor pasto e aguadas. Os cerdos, que vão ao fim do mundo atrás de melhor alimento, moveram-se antes dos outros, às manadas, brigando pelo caminho; depois, movimentaram-se os gamos e as raposas, que vivem dos mortos ou moribundos que os rebanhos em marcha deixam atrás de si; os nilgós de peito largo caminharam paralelamente aos gamos; os búfalos dos pantanais seguiram a trilha dos nilgós. Nessas marchas em bando, a menor causa provoca estouros, que fazem os emigrantes arrepiar caminho. Nesse caso, porém, quando um alarma se dava, alguém surgia para sossegá-los. Ora Ikki, o Porco-Espinho, cheio de boas notícias sobre a abundância de pastos um pouco além; ora Mang, que chiava com alegria e voava rasteiro, para demonstrar que não existia perigo nenhum. Também Baloo, com a boca cheia de raízes, costumava aparecer à margem daquela comprida procissão, ajudando-a a manter-se na rota devida. Muitos animais arrepiaram caminho, desgarraram ou perderam o interesse pela marcha; a maioria, porém, prosseguiu. Gamos, e cerdos, e nilgós concentravam-se num círculo de cerca de 12 quilômetros de raio, enquanto os comedores de carne escaramuçavam nas beiradas, forçando o avanço da multidão. No centro desse círculo ficava a aldeia, rodeada das suas plantações. Aqui e ali, dentro das roças, viam-se homens sentados em banquetas firmadas sobre altas estacas, com a missão de espantar passarinhos e outros depredadores de grãos.

Era noite escura quando Hathi e seus filhos deixaram

o jângal e penetraram nas roças, das quais arrancaram as estacas das banquetas, como se fossem tenros talos de milho novo, e os homens que de lá de cima vieram abaixo sentiram nas faces o hálito do elefante. Então a vanguarda do exército de gamos derramou-se pelas pastagens da aldeia e campos de cultura; e os cerdos de rijo focinho logo os seguiram, e o que escapava ao gamo não escapava ao cerdo. De vez em quando, rompiam alarmas: "Os lobos! Os lobos!", e os copiosos rebanhos de comedores de ervas corriam desabalados de um ponto para outro, pisoteando os campos de centeio e obstruindo as valetas de irrigação. Antes que a manhã rompesse, a pressão exterior sobre o círculo fraquejou num ponto. Os comedores de carne abriram caminho, por onde manadas e manadas de búfalos romperam o círculo, rumo ao sul. Muitos deles, os mais intrépidos, ocultaram-se nas moitas espessas, para concluir na noite seguinte a refeição iniciada.

Mas o trabalho de arrasamento já estava feito. Pela manhã os da aldeia verificaram que suas roças estavam perdidas, fato que significava a morte pela fome, caso não se retirassem dali. Quando os búfalos domésticos, famintos do jejum da noite, foram soltos nos pastos, viram logo que os gamos tinham destruído tudo e internaram-se no jângal para se misturarem aos búfalos selvagens. Mais: ao cair da noite três ou quatro pôneis da aldeia foram encontrados mortos, com as cabeças lanhadas. Unicamente Bagheera era capaz de produzir tais lanhos, como unicamente ela teria a lembrança de arrastar insolentemente as carcaças para as ruas do vilarejo.

Os camponeses não se sentiram com ânimo de acender fogueiras nos campos, durante a noite, o que permitiu que Hathi e seus filhos viessem completar a obra da véspera. E, quando Hathi completava um trabalho, ele ficava completo para sempre. Os homens da aldeia resolveram viver das sementes de cereais armazenadas, para assim aguentarem-se até que fosse tempo de fazer novas plantações; também trabalhariam como empregados pelas redondezas para sobreviverem durante a espera. Mas, enquanto os homens que possuíam reservas de cereais estavam fazendo a conta do que poderiam ganhar com a alta, as presas de Hathi esburacavam as paredes dos celeiros, fazendo com que todo o grão se perdesse.

Depois que esse último desastre foi descoberto, o brâmane se pronunciou. Disse que tinha rogado aos deuses, sem nenhuma resposta. Que com certeza os aldeões haviam ofendido, involuntariamente embora, algum gênio do jângal, pois que, sem a menor sombra de dúvida, o jângal estava contra eles. Em vista disso, mandaram buscar o chefe da próxima tribo de gondes, pequenos caçadores negros que vivem no fundo do jângal e cujos pais provêm da mais velha raça da

Índia. Eram os aborígenes da zona. Depois de muito presenteado, o chefe gonde ficou sobre um pé só, de arco na mão e três flechas envenenadas espetadas no turbante, olhando, meio com desprezo, meio com medo, para os campônios ansiosos e para os campos arrasados. Os aldeões queriam saber se os deuses gondes, os velhos deuses, estavam zangados com eles e que sacrifícios deveriam fazer. O gonde nada disse, mas pegou um ramo de karela — cabaceiro-amargoso —, trepadeira que produz a mais amarga das frutas, e o entrelaçou na porta do templo, em face do vermelho ídolo hindu de olhos arregalados. Em seguida, apontou com a mão o rumo de Khanhiwara. Feito isso, regressou para o seu jângal, observando pelo caminho o avanço dos animais. O gonde sabia que, quando o jângal se move em tais procissões, só o homem branco tem forças para detê-lo.

Não foi preciso perguntarem a significação do seu gesto. A trepadeira selvagem iria invadir o templo em que tinham adorado os deuses, e, quanto antes dali se retirassem, melhor.

Mas é difícil arrancar um camponês de sua terra. Os aldeões ficariam nela enquanto houvesse alimento. Experimentaram viver de nozes silvestres do jângal, mas olhos de fogo os espiavam, passando ao lado deles em pleno dia, e quando, cheios de susto, retornavam à aldeia, notavam que a casca das árvores, nas sendas por onde haviam passado, estavam lanhadas por poderosas garras. Quanto mais os homens se apegavam à aldeia, mais insolentes se faziam os filhotes do jângal reunidos naquelas margens do Waingunga. As casas próximas à floresta deixaram de ser reparadas e os porcos-do-mato as esburacaram com o focinho, permitindo que atrevidos brotos de trepadeiras se imiscuíssem pelas aberturas, para logo se alastrarem no terreno conquistado. Atrás delas vieram os capins de folhas pontudas como lanças de um exército de anõezinhos. Os homens solteiros escaparam dali muito antes dos outros, levando para longe a notícia do pavoroso acontecimento. Quem pode lutar contra o jângal, ou contra os gênios do jângal, se até a naja que morava no oco da figueira os havia abandonado? O pequeno comércio que a aldeia mantinha com as povoações próximas foi desaparecendo à medida que os caminhos ficavam intransitáveis. Por fim, o trombetear noturno de Hathi e seus filhos cessou de persegui-los: nada mais havia ali que interessasse aos elefantes. As plantações crescidas e as que ainda tinham as sementes em germinação estavam todas arrasadas. O aspecto dos campos não lembrava mais terra de cultura, e chegou o tempo em que os camponeses se viram forçados a pedir esmolas aos ingleses de Khanhiwara.

Mas, hindus que eram, foram protelando a mudança definitiva até que as primeiras chuvas do verão os viessem colher, inundando as casas esburacadas e transformando os campos em lameiros. E a vida furiosa do jângal, alimentada gordamente pelo calor e pela umidade, avançou na sua conquista vingadora. Então os últimos aldeões se puseram em marcha — homens, mulheres e crianças, dentro dos aguaceiros quentes da manhã. De vez em quando voltavam o rosto para os últimos adeuses aos lares perdidos.

Quando a derradeira família, carregada de suas tralhas, atravessou as portas da aldeia em ruína, um estrondo de vigamentos desmoronados, paredes e tetos que vinham ao chão, se fez ouvir. Os camponeses viram uma tromba lustrosa e feroz, por um instante erguida, espalhando o sapé encharcado dos telhados. Logo depois outro desmoronamento, este seguido de um urro de dor. Hathi, que estava colhendo telhados das casas como quem colhe flores, fora espetado por uma lasca de viga. Aquilo desencadeou-lhe a força monstruosa que a cólera dá — e nenhuma força mais destruidora existe no jângal do que a do elefante em cólera. Hathi deu com uma das patas traseiras em várias paredes, que desmoronaram e, sob a torrente de água que caía, logo se transformaram em lama vermelha. Depois, girou sobre si mesmo, urrou e lançou-se pelas ruas estreitas, com ombradas à direita e à esquerda, arrasando casa por casa, enquanto seus filhos, atrás, contaminados pela fúria paterna, lhe completavam a obra, tal qual no saque dos campos de Bhurtpore.

— O jângal se encarregará de engolir estas armadilhas de barro e palha — murmurou calmamente uma voz. — Mas os muros que cercam a aldeia têm que vir por terra já — e Mowgli, com a chuva escorrendo pelos ombros nus, saltou de sobre o muro onde estivera de cócoras, qual búfalo cansado.

— Tudo a seu tempo! — gritou Hathi, ofegante. — Oh, mas minhas presas estão brancas, não ficaram rubras como em Bhurtpore! As muralhas externas, meus filhos! Com a cabeça! Todos juntos! Vamos!

Os quatro elefantes trabalharam lado a lado, e os muros, batidos pelas quatro cabeçorras, vacilaram e vieram abaixo, afinal. Pelas brechas, os camponeses em retirada viram as ferozes cabeças sujas de lama dos quatro elefantes. Então fugiram correndo pelo vale afora, enquanto a aldeia, fossada, marrada, pisoteada ia se derretendo sob a chuva, atrás deles.

Um mês depois aquele lugar não passava de um montão de ruínas coberto de macios e verdes brotos de ervas pujantes, e pelo fim das chuvas restava o ruidoso jângal por sobre toda a área onde, seis meses antes, o arado calmamente feria a terra...

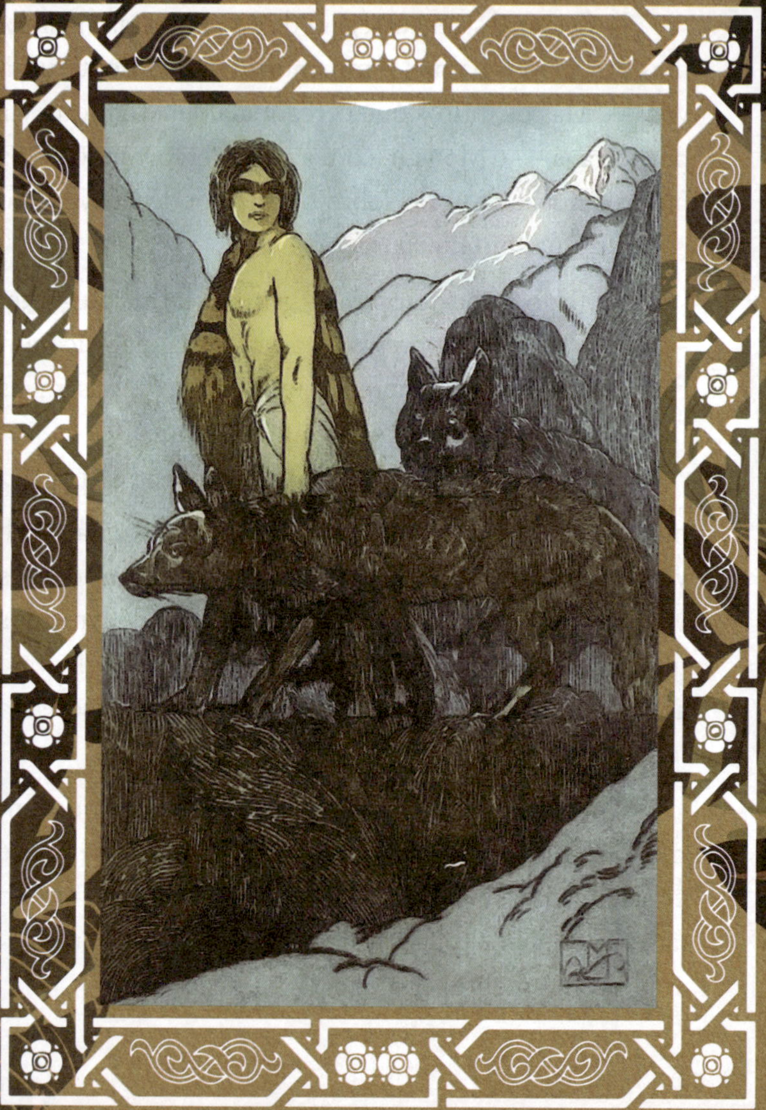

CAPÍTULO V

COMO APARECEU O MEDO

A lei do jângal, que é a mais velha lei do mundo, atende a quase todos os acidentes que possam acontecer para o povo do jângal; código mais perfeito, o tempo e os costumes nunca fizeram. Os leitores lembram-se de que Mowgli havia passado alguns anos de sua vida na alcateia de Seoni, aprendendo com Baloo a lei. Foi Baloo, o urso pardo, quem lhe disse, certa vez em que o menino se mostrava impaciente com as suas constantes recomendações, que a lei era como o cipó gigante, que quando enleia não larga mais. "Depois que você tiver vivido tanto quanto eu, irmãozinho, verá que todos os filhos do jângal obedecem pelo menos a uma lei. E isso não é coisa agradável de ver-se...", dissera o urso.

Essa lição entrou por um ouvido e saiu pelo outro,

porque um menino que passa a vida comendo e dormindo não dá importância a coisa nenhuma antes que algo sério lhe aconteça. Mas dia chegou em que as palavras de Baloo se confirmaram: Mowgli teve ocasião de ver todo o jângal agindo sob o comando da lei.

Foi durante um inverno em que as chuvas deram de falhar. Ikki, o Porco-Espinho, encontrando Mowgli perto de uma touceira de bambus, avisara-o de que os inhames selvagens estavam secando. Todos sabem como Ikki é cuidadoso na escolha do alimento, que não come senão do melhor e do mais maduro. Por isso Mowgli sorriu e disse:

— Que me importa semelhante coisa?

— Nada, agora — respondeu Ikki, com os espinhos eriçados de um modo desagradável. — Mais tarde, veremos. Diga-me, irmãozinho, ainda aparece água no fundo da Roca das Abelhas?

— Não. A tola da água está indo toda embora, mas não quero quebrar minha cabeça pensando nisso — foi a resposta de Mowgli, que por aquele tempo estava certo de saber mais do que cinco filhos do jângal somados.

— Mau para você. Uma rachadura nessa cabeça permitiria a entrada de alguma sabedoria... — rosnou Ikki, fugindo com o corpo antes que Mowgli lhe puxasse os bigodes.

Mowgli referira ao urso a conversa. Baloo assumiu uma expressão grave e, como falando para si próprio, murmurou:

— Se eu fosse sozinho, mudava-me destas paragens antes que os outros comecem a fazê-lo. Mas isto de mudar e viver entre estranhos acaba sempre em luta, luta que pode ser nociva ao filhote de homem. Esperarei para ver como a mahua floresce.

Naquela estação, a árvore da mahua, por cujas flores Baloo era ávido, não floresceu. Os botões cor de creme, macios como cera, torravam-se ao calor antes de abertos. Apenas umas tantas pétalas raquíticas tombavam quando o urso, a prumo nas patas traseiras, agitava a árvore.

Polegada a polegada, o asfixiante calor invadia o coração do jângal, fazendo-o a princípio amarelo, depois sépia, finalmente negro. Estorricava-se a vegetação que crescia na rampa das ravinas. Lagoas esgotavam-se, transfeitas em lameiros, onde os cascos dos animais punham moldes. As trepadeiras sumarentas escorriam das árvores abaixo, murchas, para virem morrer, ressecadas, ao pé dos troncos. Bambus feneciam e zuniam lugubremente quando os ventos quentes se coavam por entre suas varas nuas. Os musgos verde-oliva descascavam-se das rochas mais bem abrigadas, deixando-as calvas e quentes como pedrouços do deserto.

Pressentindo o que estava para vir, os pássaros e

macacos já tinham emigrado para o norte, e dia a dia os cerdos e veados mais se aproximavam das aldeias, também cruelmente castigadas; iam morrer de inanição aos olhos de homens muito fracos para persegui-los. Só Chil, o Abutre, engordava. Como havia carniça! Cada tarde vinha ele com a informação, sempre desalentadora, de que o sol estava matando o jângal num círculo correspondente a uma semana de voo em diâmetro.

Até ali ignorante do verdadeiro sentido da palavra fome, Mowgli teve de recorrer ao mel azedo, de três anos de idade, tomado de colmeias abandonadas: mel preto como a amora e pulverulento como o açúcar. Também caçava as vespeiras que se formam sob a casca das árvores, para furtar-lhes as ninhadas de ninfas.

Todas as criaturas do jângal tinham a pele sobre os ossos; Bagheera poderia abater três gamos por noite sem conseguir refeição que a satisfizesse. O pior, porém, era a falta de água, porque, se os filhos do jângal bebem espaçadamente, necessitam beber bastante de cada vez.

O calor aumentava sempre, fazendo desaparecer toda a umidade. Por fim o Waingunga, já muito baixo, tornou-se a única reserva de água correndo por entre as barrancas mortas, e quando Hathi, o Elefante Selvagem, viu no centro do leito a crista azulada de uma rocha que emergia, reconheceu nela a Roca da Paz. Ergueu, então, a tromba e proclamou a Trégua das Águas, como seu pai havia feito 50 anos antes. Veados, porcos-do-mato e búfalos repetiram seu grito como um eco, e Chil, o Abutre, voou em círculos cada vez mais amplos, espalhando no espaço, com pios, o tremendo aviso.

Segundo a lei do jângal, é vedado matar nos bebedouros quando a Trégua das Águas vigora. Razão: o beber tem precedência sobre o comer. Os filhos do jângal podem cuidar de si de qualquer forma quando a caça é pouca; mas água é água e, se resta só uma fonte para todos, a caçada torna-se proibida nas horas de matar a sede. Na boa estação de chuvas abundantes, os que descem para beber no Waingunga, ou onde seja, fazem-no com risco da própria vida. Esse perigo cria a fascinação da vida noturna. Mover-se tão cautelosamente que nem uma folha seca estale; atravessar as águas nas corredeiras, cujo som permanente absorve todos os ruídos; beber com os olhos alerta e músculos retesados, prontos para o salto da fuga; espojar-se nas margens arenosas e regressar para o jângal bem-disposto, sob a admiração dos companheiros, constituem coisas com que os gamos se deleitam, justamente porque sabem que de um momento para outro Bagheera ou Shere Khan podem arremessar-se de salto sobre eles e abatê-los. Agora, porém, toda aquela excitação de vida e morte deixava de existir. Os animais vinham ao bebedouro, bambos de magreza e fome — tigres, ursos, búfalos e javalis juntos — e ali apalermadamente saciavam a sede nas águas sujas, sem ânimo de moverem-se.

Os veados e porcos-do-mato erravam ao acaso o dia inteiro, na esperança de algo melhor que cascas mortas e folhas secas. Os búfalos já não encontravam pântanos para refrescar-se nem pasto verde com que encher o bucho. As cobras haviam deixado o jângal e descido para os rios murchos, na expectativa de apanharem rãs extraviadas. Enrodilhavam-se por longo tempo em torno das pedras nuas, sem sequer darem botes quando o focinho dum porco fossando o chão as deslocava. As tartarugas de rio tinham acabado todas nos dentes de Bagheera, o mais hábil dos predadores; os peixes dormiam enterrados no barro ainda úmido. E a crista azulada da Roca da Paz dia a dia avultava, comprida como dorso de cobra. Quando nela as ondazinhas da correnteza batiam, a água chiava como em contato com ferro quente.

Mowgli veio para ali à noite à procura de frescor e saciedade. O mais esfaimado dos seus inimigos não daria tento dele. Sua pele nua o tornava ainda mais miserando que os outros viventes. Mowgli tinha a grenha transfeita em aniagem descorada pelo sol. Suas costelas lembravam o vime dos balaios, e os calos dos joelhos e cotovelos, provindos do arrastar-se de quatro, davam a esses membros o aspecto de varas cheias de nós.

O olhar, entretanto, sempre firme e calmo sob as fortes sobrancelhas. É que Bagheera, sua conselheira naquele transe, não cessava de lhe recomendar que agisse com calma, que caçasse em silêncio, que não perdesse o sangue-frio.

— Passamos por um mau tempo — disse Bagheera certa noite de forno — mas tudo se remediará se conseguirmos sobreviver até o fim. Seu estômago está cheio, filhote de homem?

— Há nele alguma coisa. Será, Bagheera, que as chuvas se esqueceram para sempre de nós?

— Hão de voltar. A mahua há de florescer novamente e os veadinhos de novo engordarão nos capins rebrotados. Vamos até a Roca da Paz ouvir novidades. Trepe no meu ombro, irmãozinho.

— Não me parece tempo de carregar peso. Posso muito bem caminhar por meus pés. Na verdade, nenhum de nós está bem nutrido, Bagheera...

A pantera correu os olhos pelos seus surrados flancos sujos de poeira e murmurou:

— A noite passada matei um boi na canga. Tão fraca me sinto que não o teria atacado se estivesse solto. Ai de mim...

Mowgli sorriu.

— Sim, somos uns grandes caçadores agora! —

disse em tom de gozação. — Eu ataco valentemente... as ninfas das vespeiras!

E, assim falando, os dois mártires da seca desceram à margem do rio, onde uma corredeira se espraiava em várias direções.

— As águas não podem durar muito — disse Baloo, que lá estava. — Olhem. As trilhas que conduzem a este ponto parecem caminhos abertos pelos homens, de tão batidas.

No plaino que se estendia até longe, os arbustos do jângal morreram de pé, mumificados. A pata dos gamos e porcos batera o caminho de sulcos poeirentos e, apesar de ainda cedo, cada um desses sulcos se mostrava cheio de peregrinos à procura de água. Veadinhos e gazelas tossiam dentro dos rolos de pó erguidos pela procissão.

Rio acima, na curvatura do mortiço remanso de onde emergia a Roca da Paz, estava Hathi, o Elefante Selvagem, guardião da Trégua das Águas. Tinha ao redor seus filhos, magérrimos, com as pelancas rugosas ainda mais ressaltadas pelo jogo do luar. Balançavam-se lentamente de um lado e de outro, como sempre fazem os elefantes. Abaixo de Hathi, a vanguarda dos veados; mais abaixo ainda, as manadas dos porcos-do-mato e búfalos; do lado oposto, onde as árvores desciam até a orla da água, os comedores de carne — o tigre, os lobos, a pantera, o urso.

— Vivemos realmente sob uma lei — disse Bagheera quando entrou na água, vendo a galhada dos veados assustadiços e o rebanho de cerdos que se entreatropelavam. — Boa caçada para todos vocês do meu sangue — acrescentou, já semi-imersa, com meio corpo no raso. E entredentes rosnou: — Caçada boa têm os bons caçadores...

Os apuradíssimos ouvidos dos veados apanharam no ar esta última sentença, e um arrepio de medo perpassou pelo bando. "Trégua, não se esqueçam de que estamos em trégua", dizia esse rumor.

— Paz, paz! — murmurou Hathi, o Elefante Selvagem. — A trégua está em vigor. Não é oportuno falar em caçada.

— Ninguém sabe disso melhor do que eu — rosnou Bagheera, volvendo rio acima os olhos cor de ouro. — Agora sou uma simples comedora de tartarugas e uma pescadora de rãs. Ah, se eu pudesse alimentar-me de ervas...

— Nós apreciaríamos isso grandemente — baliu um veadinho novo, nascido na primavera daquele ano.

Apesar do miserável estado em que os filhos do jângal se viam, todos sorriram, inclusive Hathi. Mowgli, mergulhado na água morna até os ombros, riu alto, esparramando espuma, num assomo de alegria.

— Muito bem dito, pequenino veado! — rosnou

a pantera. — Quando a trégua terminar, lembrarei favoravelmente da sua agudeza — disse e nele fixou os olhos penetrantemente, como para reconhecê-lo em qualquer tempo.

Bebedouro abaixo e acima, a conversa tinha se generalizado. Ouviam-se o ronco dos cerdos a abrirem passagem; o resmungo dos búfalos que se bamboleavam ao andar; o vozerio dos gamos contando entre si tristes histórias da dolorosa peregrinação em que andavam, à cata do alimento. De quando em quando, um deles perguntava qualquer coisa aos comedores de carne, do outro lado do rio, mas todas as novidades eram más. Os ventos quentes do jângal persistiam, ululantes, a insinuar-se por entre as rochas, fazendo estalar os galhos, lançando à água ramos secos e cisco poento.

— Também os homens estão caindo ao pé dos seus arados — disse um jovem sambur. — Entre o pôr-do-sol e a noite, vi três mortos. Lá estão ainda e os bois com eles. Imóveis como os vi, nós também em breve estaremos.

— O rio continua baixando — observou Baloo. — Hathi, por acaso você já viu, em sua longa vida, seca igual a esta?

— Há de passar, há de passar — respondeu Hathi, entre dois esguichos que a tromba lançava aos flancos.

— Temos aqui um que não durará muito — disse

o urso volvendo os olhos para o menino a quem ele tanto queria.

— Eu? — exclamou Mowgli, ofendido, erguendo-se na água. — É verdade que não tenho tapete peludo cobrindo-me o corpo, mas se o tapete que você usa, Baloo, um dia ficará vago...

Hathi deu uma gargalhada, enquanto Baloo, ressentido, advertia com severidade:

— Filhote de homem, não fica bem dizer isso a um mestre da lei. Nunca minha pele vagou...

— Não quis ofendê-lo, Baloo, mas você parece um coco na casca, mesmo para mim que sou um coco descascado. Se essa sua casca pardacenta vier a vagar...

Mowgli, que estava sentado de pernas cruzadas explicando o que dizia com gestos, não pôde concluir. Bagheera pousara-lhe a pata sobre o ombro e o afundara de costas na água.

— A coisa vai de mal a pior — disse a Pantera Negra, enquanto Mowgli se erguia, gotejante. — Primeiro Baloo tem de ser depilado; depois virará coco. Então, cuidado para que ele não faça com você o que os cocos maduros fazem!

— Que é que eles fazem? — perguntou Mowgli, curioso e em guarda, embora aquela história de cocos fosse uma adivinhação sabidíssima no jângal.

— Quebram sua cabeça — respondeu Bagheera, derrubando-o na água outra vez.

Baloo ainda estava ressentido.

— Não é direito fazer gozações com um velho mestre — disse, quando Mowgli mergulhou pela terceira vez.

— Sim, mas o que você quer? — rosnou de súbito uma voz nova. — Essa coisinha nua, que anda de cá pra lá, gosta de fazer coisas de macaco contra nós, os velhos caçadores, e por brincadeira já puxou os bigodes do mais forte de todos.

Falava de Shere Khan, o tigre aleijado que, mancando, acabava de aparecer no bebedouro. Falou e deteve-se um instante para gozar a sensação que sua presença causara entre os gamos da margem oposta. Em seguida pendeu a cabeça quadrada e, lambendo a beiçaria, rosnou:

— O jângal transformado em ninho de filhotes nus! Olhe para mim, filhote de homem!

Mowgli olhou, ou melhor, fitou o tigre nos olhos com tal insolência que após um minuto Shere Khan baixava a cabeça, incomodado.

— Filhote de homem isso, filhote de homem aquilo — foi resmungando, enquanto bebia. Depois murmurou: — Filhote de homem? Nem filhote nem homem. Fosse uma coisa ou outra e teria medo. Pelo rumo que as coisas estão tomando, da próxima vez terei de pedir-lhe licença para beber meu gole de água. Ora, bolas!

— Esse tempo virá — disse Bagheera com os olhos fitos entre os olhos do tigre. — Virá, virá. Mas, Shere Khan, que novo crime você acaba de cometer?

O Aleijado mergulhara na água as faces, das quais escorria algo escuro e oleoso.

— Homem! — respondeu Shere Khan, friamente. — Matei um, não faz uma hora — e continuou a resmungar para si mesmo.

A fileira de animais que orlava o rio oscilou. Um murmúrio ergueu-se: "Homem! Ele matou um homem!" E os olhares de todos se dirigiram para Hathi, o Elefante Selvagem, o qual parecia alheio a tudo. Hathi nada fez antes do momento próprio, e é essa uma das razões por que os elefantes vivem tanto.

— Numa estação destas matar homem! Não havia outra caça ao alcance? — murmurou Bagheera com escárnio, erguendo-se da água manchada pelo tigre e sacudindo as patas como fazem os gatos.

— Matei por prazer, não por necessidade — resmungou o tigre, fazendo com que os olhos miúdos de Hathi se voltassem na sua direção. — Por prazer — repetiu Shere Khan. — E agora venho tomar meu gole de água e purificar-me. Será isso coisa proibida?

O dorso de Bagheera principiou a curvar-se qual o bambu dobrado pelo vento, mas Hathi ergueu sua tromba e falou calmamente.

— Você matou por prazer?

Quando Hathi pergunta, o melhor é responder.

— Sim. Era meu direito e estava em minha noite de caça, você sabe, Hathi — respondeu Shere Khan, quase cortesmente.

— Sei, sei — murmurou Hathi. E depois de curto silêncio: — Já acabou de beber?

— Sim, por esta noite.

— Vá embora, então. O rio é bebedouro, não esgoto. Nenhum ser, salvo o tigre aleijado, seria capaz de arrotar seus direitos numa estação calamitosa destas, em que todos sofremos juntos, homens e animais. Puro ou impuro, vá para o seu covil, Shere Khan!

Essas últimas palavras soaram cortantes, fazendo com que os três filhos de Hathi se adiantassem um passo, embora não houvesse necessidade. Shere Khan retirou-se, não ousando sequer rosnar. Sabia, como todos no jângal sabem, que nos momentos supremos quem diz a última palavra é sempre o elefante.

— Que direito é esse a que se referiu Shere Khan? — perguntou Mowgli ao ouvido de Bagheera. — Parece-me que matar homem é sempre degradante. A lei diz assim. Hathi, entretanto, deixa entender que...

— Pergunte para ele que eu não sei, irmãozinho. Existindo ou não esse direito, se Hathi não tivesse falado eu daria uma lição ao carniceiro manco. Vir à Roca da Paz ainda fresco da morte de um homem e gabar-se! Coisa de chacal. E ainda sujou nossa água...

Mowgli criou coragem durante um minuto antes de dirigir-se a Hathi; depois perguntou:

— Que direito é esse a que se referiu Shere Khan, Hathi?

Em ambas as margens sua pergunta foi repetida, porque o povo do jângal é curioso e todos acabavam de presenciar algo que nenhum, exceto o pensativo Baloo, parecia compreender.

— Trata-se de uma velha história — respondeu Hathi —, uma história ainda mais velha do que o jângal. Guardem silêncio que vou contá-la.

Houve durante um minuto ou dois um empurra-empurra entre os cerdos e búfalos. Os chefes dos bandos logo impuseram silêncio.

— Vamos à história, Hathi.

O elefante adiantou-se na direção da Roca da Paz até ter a água pelos joelhos. Apesar de magro, enrugado e surrado como estava, o vulto de Hathi mostrava ao jângal quem ele era: o mais forte.

— Vocês sabem, meus filhos, que nada tememos tanto como o homem — começou ele, com as suas primeiras palavras seguidas de um murmúrio de aprovação.

— Isso é com você, irmãozinho — sussurrou Bagheera a Mowgli.

— Por que comigo? Pertenço à alcateia, sou um simples caçador do povo livre — replicou o menino. — Que tenho com os homens?

— E sabem por que tememos o homem? — prosseguiu Hathi. — Ouçam-me. No começo do jângal, que ninguém sabe quando foi, nós convivíamos harmoniosamente, sem que um tivesse medo do outro. Não havia secas nesse tempo. Flores, e folhas, e frutas acumulavam-se nas árvores, e não nos alimentávamos senão de flores, folhas, frutas e cascas.

— Felizmente não sou dessa era — rosnou Bagheera. — Cascas servem apenas para eu afiar as unhas.

— E o senhor do jângal — continuou Hathi — era Tha, o Primeiro dos Elefantes. Fora a tromba de Tha que tirara o jângal do seio profundo das águas. Onde ele fez brechas no solo com as presas, aí surgiram rios; onde afundou a terra com as patas, aí se formaram lagos. Quando Tha soprava — assim — árvores vinham ao chão. Desse modo o jângal se formou, conforme me foi contado.

— E a história não perdeu em grandeza ao ser recontada... — sussurrou Bagheera, fazendo Mowgli esconder com as mãos um riso.

— Naqueles tempos não existia o milho, nem os melões, nem a pimenta, nem se viam as cabanas que vemos hoje. O povo do jângal ignorava o homem. Constituía uma grande irmandade. Breve, porém, surgiram disputas a respeito de comida, embora a abundância de alimento vegetal desse para todos. Preguiçosos que eram, cada qual queria comer no próprio lugar onde estava, como fazemos hoje quando as chuvas da primavera vêm abundantes. Tha, o Primeiro dos Elefantes, vivia ocupado em criar novas florestas e em abrir leitos para novos rios. Como não pudesse estar ao mesmo tempo em toda parte, fez do Primeiro dos Tigres o mestre e juiz do jângal, ordenando que todos lhe submetessem as suas queixas. Naquele tempo, o Primeiro dos Tigres comia ervas e frutas como os demais. Era grande, como eu, e belo de cor: tinha a cor das trepadeiras amarelas. Nenhuma listra ou pinta manchava a sua pelagem macia. Todos os animais vinham à sua presença sem receio nenhum. Sua palavra fazia lei. Éramos, lembrem-se, um povo só.

"Certa noite houve disputa entre dois gamos,

disputa a respeito de pastagem, como estas de hoje, que se resolvem com coices e chifradas. Os briguentos vieram à presença do Primeiro dos Tigres, que os atendeu de dentro de um tufo de flores. Durante os debates, um dos gamos o marrou com o chifre e, esquecido de que era o juiz, o tigre lhe quebrou o pescoço com uma valente patada."

"Até aquela noite nenhum de nós havia morrido. Desconhecíamos a morte, e o Primeiro dos Tigres, vendo o que havia feito e sentindo-se alucinado pelo cheiro do sangue, embrenhou-se nos pantanais do norte. Ficamos sem juiz e as disputas tornaram-se maiores. Tha, ouvindo de longe o barulho da desordem, voltou. Disseram-lhe uns isto, outros disseram-lhe aquilo, mas Tha percebeu o cadáver do gamo no tufo de flores e indagou quem o matara. Ninguém respondeu. Estavam todos endoidecidos pelo cheiro do sangue, rondando com meneios de cabeça ao redor do tufo. Tha, então, deu ordem aos cipós e árvores de galhos baixos que margeiam as trilhas para que marcassem o matador, de modo que pudesse ser sempre reconhecido. Depois disse: 'E quem quer agora ser o chefe do povo?' O Macaco Cinzento saltou dos galhos onde vivia e respondeu: 'Serei esse chefe'. Tha sorriu e disse: 'Assim seja', e retirou-se, suspirando."

"Meus filhos, todos vocês conhecem o Macaco Cinzento, que era então o que hoje é. No começo havia arranjado uma cara muito sisuda; depois deu de coçar-se e pular. Quando Tha de novo regressou, veio encontrá-lo de cabeça para baixo, pendurado pela cauda num ramo, fazendo micagens para o povo do jângal, que por sua vez caçoava dele. Tinha assim desaparecido a lei, substituída por palavrório tolo e sem sentido."

"Então Tha nos chamou e disse: 'O primeiro chefe que dei para vocês trouxe a morte para o jângal. É tempo de receberem uma lei que não possa ser quebrada. Ela será o medo. Quando tiverem encontrado o medo, verão que é ele realmente o vosso chefe supremo'. E então o povo do jângal perguntou: 'Que é o medo?' E Tha respondeu: 'Vocês aprenderão por si mesmos. Procurem-no'. E então o povo do jângal espalhou-se, procurando o medo. Certo dia os búfalos..."

— Oh! — interrompeu Mysa, o chefe da manada de búfalos.

— Sim, Mysa, os antepassados dos seus búfalos de hoje. Apareceram os búfalos com a notícia de que em uma gruta, no seio da floresta, morava o medo, uma criatura sem pelo no corpo e que andava de pé. O povo do jângal seguiu rumo à gruta, em cuja entrada encontraram o medo, de pé e nu de pelos, como disseram os búfalos. Assim que nos viu chegar, gritou, e sua voz nos encheu do mesmo medo que hoje nos causa, sempre que a ouvimos. Corremos em desabalada fuga porque estávamos com medo e naquela noite, conforme sei, não nos deitamos sossegados e juntos, como até ali vínhamos fazendo. Separamo-nos por tribos, cerdos de um lado, gamos de outro, chifre com chifre, casco com casco, e assim ficou.

"Unicamente o Primeiro dos Tigres não fora lá porque vivia nos pantanais do norte. Quando soube do que tínhamos encontrado na gruta, disse: 'Irei ver essa coisa nua e lhe quebrarei o pescoço'. Disse e fez. Andou toda uma noite à procura da gruta, e foi então que as árvores e cipós dos caminhos, atentos às ordens de Tha, o riscaram de listras nas costas, nos flancos, na testa, no focinho. Sempre que esbarrava num galho ou cipó, ficava com uma listra ou pinta nova em sua pelagem amarela. E essas marcas até hoje seus descendentes usam! Quando alcançou a gruta, Medo, o Pelado, apontou para ele e disse: 'O manchado vem aí!', e o Primeiro dos Tigres teve medo do pelado e voltou para os pantanais, miando."

Mowgli, mergulhado na água até o queixo, sorriu.

— Tão alto miava o tigre que Tha o ouviu e perguntou: 'Que mágoa o atormenta?' E o Primeiro dos Tigres, com o focinho erguido para o céu novo em folha (esse velho céu que temos hoje), exclamou: 'Restitui o meu antigo poder, Tha! Tornei-me malvisto de todo o jângal e corri do pelado, que me insultou de sujo'. 'E por quê?', perguntou Tha. 'Porque eu estava todo listrado da lama do pantanal', respondeu o Primeiro dos Tigres. 'Sujo de lama? Pois banhe-se no rio e role na relva que as listras deixarão sua pelagem', disse Tha. E o Primeiro dos Tigres banhou-se no rio e rolou na relva até que as árvores da mata começassem a girar em torno dele, mas nem uma só das listras desapareceu. Tha, que o observava, sorriu. Então o Primeiro dos Tigres disse: 'Que foi que eu fiz para ficar assim marcado? 'E Tha explicou: 'Matou o gamo, soltou a morte no jângal, e com a morte apareceu o medo, fazendo com que os filhos do jângal sintam medo uns dos outros e você sinta medo do pelado'. O tigre disse: 'Os filhos do jângal não podem ter medo de mim, porque nos conhecemos desde o começo'. Tha sorriu: 'Verifique isso'. E o Primeiro dos Tigres logo verificou que inutilmente chamava pelos cerdos, pelos veados, pelos sambures: todos fugiam ao som da voz do seu antigo chefe e juiz. Tinham medo.

"Então o Primeiro dos Tigres, já com o orgulho ferido, deu com a cabeça no chão, rompeu a terra com as unhas e exclamou: 'Lembre-se, Tha, de que já fui o chefe do jângal. Não se esqueça de mim, Tha. Faz com que meus filhos saibam que houve tempo em que não me senti humilhado nem tive medo!' E Tha disse: 'Assim seja, já que você e eu vimos o jângal sair do nada.

Por uma noite cada ano, tudo será para você e para os seus, como antes da morte do gamo. Nessa noite, se você encontrar o pelado, cujo nome é homem, não terá medo dele. Ele, sim, terá medo de você como se você fosse o juiz supremo do jângal e o chefe de todas as coisas. Nessa noite de medo para o homem, seja generoso com ele, porque você já sabe o que o medo é.'"

"E então o Primeiro dos Tigres respondeu: 'Basta. Estou satisfeito'. Mas logo depois, indo beber, viu refletirem-se na água as suas listras e recordou que o pelado o insultara de sujo. A cólera fê-lo estremecer. Tinha de vingar-se. Voltou aos pantanais, onde passou um ano à espera do que Tha lhe prometera, e uma noite, em que a lua se ergueu muito clara, sentiu que a sua noite chegara. Tomou então rumo à gruta do pelado. Lá tudo aconteceu como Tha predissera, pois o homem, tomado de medo, se agachou e o tigre lhe partiu a espinha com um bote. O Primeiro dos Tigres estava certo de que no jângal só existia um pelado e que, matando-o, matava o Medo. Pensava nisso, farejando a vítima, quando Tha se aproximou. Sua voz retumbante fez-se ouvir. Era essa mesma voz que soou agora..."

Hathi referia-se ao trovão que naquele momento reboara pela morraria ressecada. Riscas do fogo riscavam o céu. Mas não chovia. O Elefante Selvagem prosseguiu:

— Era esta voz que o Primeiro dos Tigres ouviu, voz

que perguntava: "Onde está a sua generosidade, Tigre?" O Primeiro dos Tigres lambeu os beiços e explicou que apenas matara o Medo. Então Tha disse: "Louco! O que você fez foi desatar os pés da morte, e agora a morte seguirá seus passos até o fim dos fins. Você acaba de ensinar o homem a matar!"

"Com a pata ainda sobre o peito do pelado inerte, o Primeiro dos Tigres exclamou: 'Está imóvel como o gamo que matei! Não existe mais medo. Posso voltar a ser o juiz do jângal.'"

"E Tha disse: 'Nunca mais os filhos do jângal o procurarão. Nunca mais cruzarão seu caminho, nem seguirão seus passos, nem dormirão perto de onde você dormir, nem pastarão junto à sua caverna. Unicamente o medo o seguirá, e, por meio de golpes que você não poderá perceber de onde vêm nem como vêm, o homem vai dominá-lo. Ele fará o chão abrir-se em armadilhas aos seus pés, fará laços de cipó apertarem seu pescoço, fará troncos de árvores se erguerem unidos ao seu redor, cercando-o; por fim, tomará sua pele para aconchego dos filhos dele, no tempo frio. Você não teve piedade do homem e o homem jamais terá dó de você.'"

"O Primeiro dos Tigres era valente e, como ainda fosse dono da sua noite, disse: 'A promessa de Tha é a promessa de Tha. Terei sempre a minha noite?'"

"E Tha respondeu: 'Uma única noite em cada ano

será sempre sua, como já disse, mas há um preço... Você ensinou o homem a matar. O homem não é lento para aprender.'"

"O Primeiro dos Tigres disse: 'Aqui está ele sob minhas patas, com a espinha quebrada. Permite, Tha, que todo o jângal saiba que matei o Medo.'"

"Tha sorriu e disse: 'Você matou um entre muitos, mas conte você mesmo ao jângal, pois a sua noite está terminada.'"

"Veio o dia e logo à boca da gruta apareceu outro pelado; vendo o morto sobre o qual o tigre pisava, tomou uma longa vara de ponta aguda..."

— Eles lançaram agora uma coisa que corta — interrompeu Ikki, o Porco-Espinho — que os gondes, tribo de homens selvagens das redondezas, consideravam bom petisco.

Ikki referia-se à machadinha que os gondes arremessam de longe, qual relâmpago.

— Era uma vara de ponta cortante — prosseguiu Hathi —, como essas que eles colocam hoje na cabeça dos troncos de árvore que descem sobre o nosso corpo quando caímos nas armadilhas. E, arremessando-a, aquele segundo pelado feriu o Primeiro dos Tigres no flanco. O Primeiro dos Tigres correu como um doido pelo jângal até que a vara se quebrasse, e os filhos do jângal ficaram sabendo que os pelados sabiam ferir de longe e mais ainda o temeram daí por diante. Desse modo, meus filhos, o Primeiro dos Tigres foi quem ensinou o homem a matar, e vocês sabem que calamidade para nós começou a ser isso — saberem usar essas pontas cortantes, essas armadilhas, a vara aguda que vem sibilando e a mosca terrível que nasce longe dentro de uma fumacinha branca (Hathi referia-se à bala). E também a flor vermelha que nos tange para onde eles querem (Hathi referia-se ao fogo). Entretanto, por uma única noite em cada ano, o pelado teme o tigre, como Tha prometera, e jamais o tigre fez algo que amortecesse tal temor. Onde o tigre encontra o homem, aí ou mata ou morre. E o medo circula pelo jângal, de dia e de noite.

— Ai! Ui! — gemeu um veado que sabia muito bem daquilo.

— E unicamente quando um medo imenso paira sobre todos nós, como agora, é que os filhos do jângal esquecem o medo comum e se reúnem como estamos reunidos.

— Por uma noite só em cada ano o homem teme o tigre? — perguntou Mowgli.

— Por uma noite só — respondeu Hathi.

— Mas sei, como todo o jângal sabe, que Shere Khan mata dois, três homens a cada lua!

— Sim, mas à traição e fechando os olhos de medo quando fere. Se o homem lhe olhasse firme nos olhos, Shere Khan fugiria. Na sua noite, porém, ele penetra abertamente nas aldeias, corre-lhe as ruas, mete a cabeça pelas portas, e o homem, apavorado, deixa-se matar de frente.

— Oh! — exclamou Mowgli para si mesmo, espalhando-se na água. — Agora percebo por que Shere Khan me mandou que olhasse para ele! Queria ver, queria experimentar se suportava meus olhos, se eu não caía por terra dominado pelo seu olhar... Mas nesse caso não sou homem, pertenço mesmo ao povo livre...

— Hum! — roncou Bagheera para dentro da garganta. — Como o tigre sabe quando é a sua noite?

— Nunca sabe, senão quando o chacal da lua aparece claro na neblina noturna. Isso sucede às vezes pelo verão, outras vezes durante as chuvas. É a noite do tigre. Mas, se não fosse o Primeiro dos Tigres, nada teria acontecido, e nenhum de nós jamais conheceria o medo.

Os veados suspiraram, e Bagheera crispou o beiço num sorriso mau.

— Os homens conhecem essa história? — perguntou ela.

— Ninguém a conhece, exceto os tigres e nós, os elefantes descendentes de Tha. Agora vocês todos a conhecem.

Hathi mergulhou a tromba na água como sinal de que tinha dito tudo.

— Mas, mas, mas... — começou Mowgli virando-se para Baloo. — Por que não continuou o Primeiro dos Tigres a alimentar-se de folhas de árvores e ervas rasteiras? Ele apenas quebrou o pescoço do gamo, não o comeu. O que foi que o levou à carne?

— As árvores e cipós haviam-no marcado, irmãozinho, haviam-no transformado nesse tapete de listras que vemos hoje. Por isso o tigre evitou dali por diante alimentar-se de folhas e vinga-se de tais plantas nos veados e outros comedores de ervas — explicou o urso.

— Oh, você também conhece a história, Baloo! Por que nunca me contou?

— O jângal está cheio de histórias como esta. Se passasse a contá-las todas, não faria outra coisa. Vamos! Largue da minha orelha, irmãozinho!

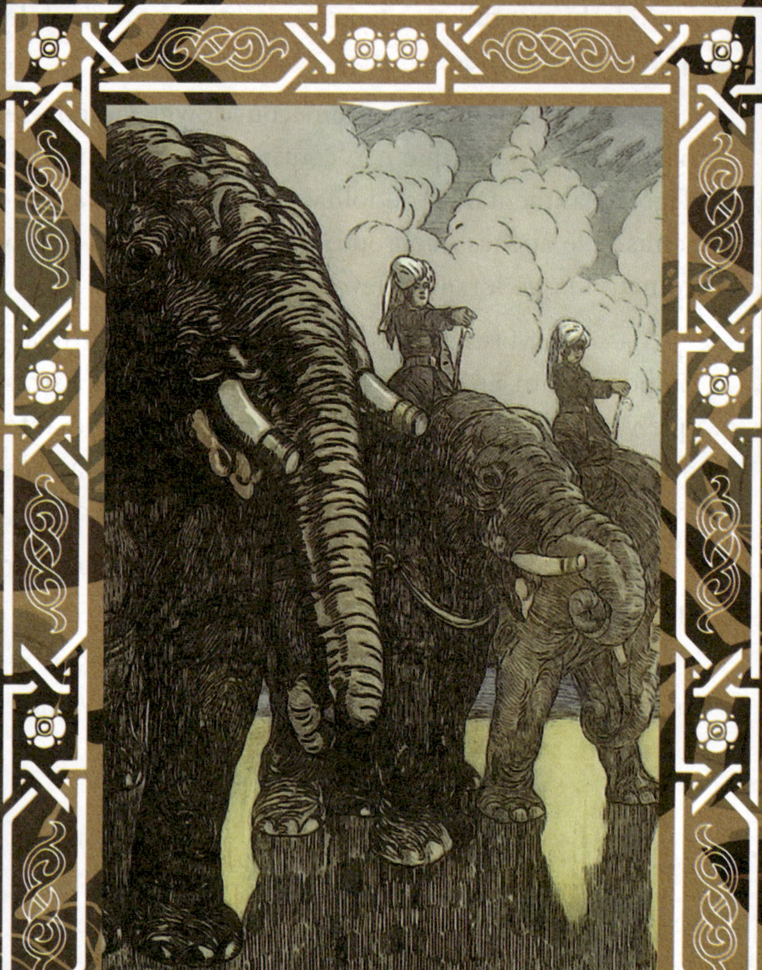

CAPÍTULO VI

O ANKUS DO REI

Kaa, a velha Serpente da Rocha, estava mudando a pele pela ducentésima vez desde o seu nascimento; e Mowgli, que jamais se esquecera de que naquela terrível noite passada nas Tocas Frias lhe ficara devendo a vida, foi levar-lhe felicitações. Mudança de pele sempre torna as serpentes mal-humoradas e deprimidas, estado de ânimo que dura até que a nova vestimenta brilhe em toda a sua beleza. Kaa nunca zombou de Mowgli, antes o aceitou, a exemplo dos demais filhos do jângal, como o senhor, comunicando-lhe tudo o que uma serpente do seu porte está em condições de vir a saber. O que Kaa não sabia a respeito do que chamam de jângal médio — a vida em perpétuo contato com o chão ou debaixo dele, a vida dos buracos, das tocas, dos ocos — estava, entretanto, escrito nas menores das suas escamas.

Aquela tarde Mowgli reclinou-se na espiral que Kaa enrolada fazia no solo e suspendeu no dedo a velha pele seca, toda amarrotada e retorcida, que jazia entre as pedras. Kaa havia operado a modificação ali. Muito cortesmente, Kaa se ajeitara sob os largos ombros nus do rapaz, que ali ficou como se estivesse repousando em espreguiçadeira viva.

— Até nas escamas rentes aos olhos você está perfeita — disse Mowgli, examinando a pele velha. — É estranho isto de poder ver toda a casca do nosso corpo aos nossos pés!

— Ai, não tenho pés e, como ninguém os tem na minha raça, nada acho de estranho. A sua pele não fica às vezes velha e dura?

— Quando a sinto assim, atiro-me na água; mas a verdade é que nos grandes calores muitas vezes desejei libertar-me da pele em fogo e correr pela floresta esfolado.

— Eu também me atiro na água para meus banhos e, independente disso, mudo de pele. Que lhe parece o meu novo capote?

Mowgli correu a mão pelo dorso malhado da serpente.

— A tartaruga tem dorso mais duro, mas não tão alegre — disse sentenciosamente. — O da rã é mais alegre, mas não tão rijo. É realmente lindo de olhar, o seu capote; parece o colorido de um cálice de lírio.

— Está precisando de água. Pele nova nunca adquire a cor definitiva antes do primeiro banho. Vamos a ele.

— Eu vou carregá-la — disse Mowgli baixando-se, a rir, para erguer o grande corpo de Kaa pelo meio, justamente na parte de maior grossura. Era o mesmo que tentar erguer um cano de meio metro de diâmetro. A serpente permaneceu de corpo mole, largada, divertida com aquilo. Depois começou a brincadeira de todas as manhãs. Mowgli, em toda a pujança da sua força, e a serpente, renascida com a muda de pele, eretos um contra o outro para disputa de forças, luta de músculo e de olhar. Kaa sem dúvida teria esmagado Mowgli e mais dez, se o rapaz lhe desse chance; mas tão cuidadosamente conduzia ele a luta que nunca perdia um décimo da sua força. Como fosse Mowgli bastante forte para ser tratado com certa brutalidade, Kaa lhe ensinara aquelas defesas em que se fizera mestre. Às vezes ficava enrolado até quase a garganta pelos anéis constritores de Kaa, esforçando-se por libertar um braço, a fim de segurar a serpente pela garganta. Então Kaa desatava-se sinuosamente, e Mowgli, com agilíssimos pés, procurava impedi-la de firmar a cauda em algum ressalto de rocha. E balançavam-se assim de um lado e de outro, cabeça contra cabeça, cada qual procurando tirar partido da menor chance, até que o belo arranjo escultural se desmanchasse numa trapalhada de braços e pernas por entre movediços anéis malhados de amarelo e preto.

— Agora! Agora! Agora! — exclamava Kaa, desferindo golpes enganosos de cabeça, que as mãos rápidas de Mowgli procuravam aparar. — Vê! Toquei você no pescoço, irmãozinho! E toquei aqui! E aqui! Estão dormindo as suas mãos? E aqui, agora! E aqui!

A luta terminava sempre da mesma maneira: com um golpe de cabeça que punha o menino fora de combate. Mowgli nunca pôde descobrir a defesa para esse fulminante ataque, e era inútil tentar descobri-la, dizia Kaa.

— Boa caçada! — silvou Kaa por fim, e Mowgli, como sempre, foi lançado a alguns metros de distância, ofegante, mas rindo.

Ergueu-se com os dedos cheios do capim a que se agarrara e seguiu Kaa rumo ao seu ponto predileto de banho, um profundo poço de águas negras, rodeado de pedras limosas. Raizames de velhos troncos semi-imersos davam aspecto pitoresco ao local. O rapaz escorregou para dentro da água, à maneira do jângal, isto é, sem o menor rumor, e mergulhou. Emergiu depois, sempre silenciosamente, e boiou com as mãos cruzadas na nuca e os olhos na lua, que se erguia por cima das pedras. Com os dedos dos pés, quebrava os reflexos da luz na água. A cabeça nítida de Kaa cortou o líquido como navalha e veio repousar no ombro de Mowgli. Ficaram ambos imóveis, flutuando com deleite na água fria.

— É realmente bom — disse por fim Mowgli,

sonolentamente. — A estas horas, na alcateia dos homens, eles deitam-se em duros estrados de madeira e, depois de fechadas todas as portas e janelas das armadilhas de barro em que vivem, para que nenhum ar puro penetre, cobrem as cabeças com panos sujos e sonham maus sonhos, que saem pelo nariz em roncos. Muito melhor a vida no jângal.

Uma apressada cobra deslizou para a beira da água, bebeu, deu-lhes um "boa caçada!" e foi-se.

— Ssss! — silvou Kaa, como se estivesse recordando alguma coisa. — Então todo o jângal lhe dá o que sempre desejou, irmãozinho?

— Não tudo — observou Mowgli, sorrindo. — Se fosse assim, haveria no jângal um novo Shere Khan, forte bastante para caçar até a lua. Mas hoje posso matar o que quero sem pedir auxílio a búfalos. Nunca volto de mãos vazias.

— Não tem nenhum desejo? — perguntou a serpente.

— Que mais poderia desejar? Tenho o jângal e o favor do jângal! Haverá mais alguma coisa no mundo?

Kaa começou:

— E então a Naja disse...

— Que naja? — interrompeu Mowgli. — Esta que aqui apareceu ainda há pouco? Estava caçando?

— Outra naja.

— Você lida muito com o povo venenoso. Eu o evito. Levam a morte nas presas e isso não é bom, sendo criaturas tão pequenas. Mas que cobra é essa de que você está falando?

Kaa circulou lentamente no poço, como um navio no mar. Depois disse:

— Três ou quatro luas passadas fui caçar nas Tocas Frias, que você conhece, e a coisa que eu perseguia fugiu, guinchando, para aquela casa cuja parede derrubei para salvá-lo. Fugiu e mergulhou na terra.

— Mas o povo das Tocas Frias não vive em buracos — observou Mowgli, visto que Kaa se referia ao povo macaco.

— Aquela coisa procurava viver — disse Kaa com um tremor na língua. — Correu e meteu-se num buraco que ia longe. Alcancei-a e, depois de matá-la, dormi. Quando despertei, segui adiante.

— Debaixo da terra?

— Sim, e segui até encontrar a Naja Branca, a qual me falou de coisas acima da minha compreensão e mostrou-me outras que eu nunca vira antes.

— Caça nova? Boa caça? — Mowgli perguntou vivamente.

— Não era caça, e nelas eu teria quebrado todos os meus dentes; mas a Naja Branca disse que qualquer homem, e ela falava como quem conhece a raça, que qualquer homem daria as próprias costelas apenas para ver aquilo.

— Precisamos ir lá. Agora me lembro de que já fui homem.

— Devagar, devagar. Foi a pressa que matou a Serpente Amarela, que comeu o sol. Mas conversamos sobre você, irmãozinho. A Naja Branca, que é realmente tão velha quanto o jângal, disse: "Faz muito tempo que não vejo um homem. Traga esse aqui, para que contemple todas estas coisas pelas quais os homens se matam".

— Essas coisas devem ser caça nova! — disse Mowgli, sempre com a mesma ideia.

— Não é caça. É... é... Não sei dizer o que é.

— Vamos até lá. Nunca vi a Naja Branca e desejo conhecer essas outras coisas. Ela havia matado essas coisas?

— São coisas sem vida. A Naja Branca não passa de guardiã delas.

— Ah! Fica como o lobo sobre a carne que traz para a caverna! Pois vamos vê-la.

Mowgli nadou até a margem e, deixando a água, rolou na areia para enxugar-se; em seguida dirigiram-se os dois para as Tocas Frias, a Cidade Perdida, onde Mowgli já estivera. Mowgli ficara sem o menor medo aos macacos desde aquele dia, mas o povo macaco tinha-lhe pavor. As várias tribos dos bandar-log estavam naquele dia correndo o jângal, de modo que as Tocas Frias apareceram desertas sob o luar. Kaa dirigiu-se às ruínas do pavilhão das rainhas, que ficava no terraço; deslizou sobre os entulhos e mergulhou pela semiobstruída escadaria, cujo patamar era no centro do pavilhão.

Lá Mowgli desferiu o grito das serpentes: "Somos do mesmo sangue, eu e vocês". E, engatinhando, seguiu Kaa. Ambos se esgueiraram durante muito tempo por uma passagem em declive ziguezagueante, até chegarem a um ponto onde a raiz de alguma grande árvore, que se erguia lá fora sobre suas cabeças, deslocara os sólidos blocos de pedra do muramento. Passando pela abertura assim feita, alcançaram uma ampla cava de teto igualmente rompido em vários pontos pelas raízes das árvores sobrejacentes. Por essas fendas um pouco de luz filtrava-se na escuridão.

— Bom antro, mas muito afastado para ser-nos útil — disse Mowgli, erguendo-se de pé. — E agora? Que temos por aqui?

— Não serei eu alguma coisa? — foi a resposta duma voz saída do meio da cava.

Mowgli viu algo branquicento mover-se, até que, pouco a pouco, teve diante dos olhos, ereta, a maior naja que jamais vira, inteiramente branca, de um branco pálido de velho marfim, pela longa vida na escuridão. Até as marcas do seu capelo distendido tendiam para o mais desmaiado amarelo. Seus olhos eram rubi.

— Boa caçada! — disse-lhe Mowgli, que nunca abandonava as suas boas maneiras nem a sua faca.

— Que tal a cidade? — perguntou a Naja Branca, sem responder à saudação. — Que tal a grande cidade murada, a cidade de cem elefantes, e 20 mil cavalos, e gado inúmero, a cidade do rei de 20 reis? Fiquei surda aqui, creio, porque há muito não ouço o som dos gongos de guerra.

— No jângal, que fica sobre as nossas cabeças, não há nenhuma cidade — respondeu Mowgli. — De elefantes, só conheço Hathi e seus filhos. Bagheera matou todos os cavalos que havia e... que quer dizer rei?

— Já lhe disse — observou Kaa para a Naja Branca —, quatro luas atrás, que a cidade não existe mais.

— A cidade, a grande cidade da floresta, cujas portas são guardadas pelas torres do rei, não pode deixar de existir. Eles a construíram antes que o pai de meu pai saísse do ovo e ela durará enquanto os filhos de meus filhos forem brancos como sou. Salomdhi, filho de Chandrabija, filho de Viyeja, filho de Yegasuri, erigiu-a nos tempos de Bappa Rawal. Que espécie de gado você é?

— Não entendo nada do que ela diz — observou Mowgli, voltando-se para Kaa.

— Nem eu. Está muito velha. É a mãe das najas.

— Quem é esse — disse a Naja Branca — que se senta diante de mim sem medo nenhum, que desconhece o nome do rei e assobia a nossa linguagem por entre lábios de homem? Quem é esse que usa faca e sabe a língua das cobras?

— Chamam-me Mowgli — foi a resposta. — Sou do jângal. Os lobos são a minha raça, e Kaa, aqui, é minha irmã. Mãe das najas, quem é você?

— Sou a guardiã dos tesouros do rei. O rajá Kurrun construiu esta abóbada sobre mim, nos tempos em que minha pele era colorida, para que eu aqui ficasse ensinando a morte aos que aparecessem. Depois seus homens derramaram tesouros dentro da cava e ouvi o canto dos brâmanes, meus senhores.

— Hum! — murmurou Mowgli para si próprio, ao ouvir falar de brâmanes. — Já lidei com um na aldeia e sei o que valem. Uma calamidade qualquer vai cair sobre nós.

— Cinco vezes, desde que estou aqui, a pedra foi erguida, mas sempre para dar entrada a mais tesouros, nunca para retirar algum. Não existe riqueza igual a este tesouro de cem réis. Mas já faz muito tempo que a pedra não é levantada e penso que minha cidade está esquecida.

— Não há cidade nenhuma — insistiu Kaa. — Olhe para cima. Raízes de árvores deslocam as pedras. Árvores e homens não vivem juntos, você bem sabe.

— Duas, três vezes homens encontraram este esconderijo — respondeu com aspereza a Naja Branca —, mas jamais disseram palavra antes que eu os atacasse, tateando no escuro, e então gritavam, mas apenas por pouco tempo... E você vem com mentiras, homem-cobra, e quer que eu creia que a cidade não existe e que minha função de guarda não tem mais motivo de ser! Pouco mudam os homens com o tempo. Mas eu não mudo nunca! Enquanto os brâmanes não voltarem cantando os cantos que sei, e me alimentarem com leite morno, e me levarem para a luz novamente, eu, eu, eu, e ninguém mais, serei a guardiã dos tesouros do rei. A cidade está morta e as raízes das árvores o provam? Entre, então, e tire o que quiser. Não existem tesouros iguais a estes. Homem com língua de serpente, se você sair vivo por onde entrou, o rei será seu escravo.

— Está louca — murmurou Mowgli friamente. — Terá algum chacal mordido esta grande cobra-de-capelo? Está louca, sem dúvida nenhuma. Mãe das najas, nada vejo aqui que valha a pena levar.

— Pelos deuses do sol e da lua, a loucura da morte caiu sobre o rapaz! — silvou a naja. — Antes que seus olhos se fechem, vou favorecê-lo com a visão do que homem nenhum viu ainda.

— Não anda bem no jângal quem fala a Mowgli de favores — rosnou o rapaz entredentes —, mas as trevas tudo mudam, eu sei. Verei isso, se lhe dá prazer.

Mowgli correu os olhos pela cova e depois ergueu do solo um punhado de coisas rebrilhantes.

— Oh! — exclamou ele. — Isto me lembra os discos que circulam na alcateia dos homens. A diferença única é que estes são amarelos e os de lá eram pardos.

Mowgli deixou cair as moedas que apanhara e caminhou para diante. O chão mostrava-se atulhado, na altura de um metro e sessenta de moedas de ouro e prata, extravasadas dos sacos onde primitivamente foram contidas. Com os anos o metal havia se assentado, qual areia da praia na maré baixa. Dessa cama de ouro e prata surgiam, como destroços semienterrados na areia, *howdahs*[2] de prata trabalhada em relevo, com incrustações de ouro e cravejamento de granadas e turquesas. Havia palanquins e liteiras de rainhas, de prata e esmalte, com tirantes de jade e o argolame das cortinas em âmbar; castiçais de ouro com braços feitos de esmeraldas furadas; imagens de deuses esquecidos, com um metro e meio de altura, feitas de prata e com olhos de pedras preciosas; cotas de malha de ouro entremeado com aço, guarnecidas de pérolas; elmos incrustados de rubis sangue de pombo; escudos de laca, de tartaruga, de couro de rinoceronte, enfeitados de ouro, com esmeraldas nas bordas; punhos de espadas rutilantes de gemas, adagas, facas de caça; vasos de ouro para sacrifícios e altares portáteis de formas que nunca viram a luz do dia; taças de jade e braceletes; turíbulos, pentes, vasos

---

2   Arreios de elefantes.

de perfume, vasos para hena e para pós para os olhos, tudo de ouro; anéis para o nariz, pulseiras, diademas, brincos sem conta; cintos largos cravejados de fileiras de diamantes, esmeraldas e rubis; grandes caixas, reforçadas por tiras de ferro, com a madeira já reduzida a pó, mostrando as reservas de safiras, opalas, olhos de gato, rubis, diamantes, esmeraldas e águas-marinhas em estado bruto.

A Naja Branca tinha razão. Dinheiro nenhum pagaria o valor daqueles tesouros, que representavam séculos de pilhagens na guerra, de impostos, de roubos, de compras. As moedas por si já eram sem preço; as pedrarias ficavam fora de qualquer conta. O peso bruto do ouro e da prata representaria muitas toneladas. Cada rajá, embora pobre, possui sempre um tesouro que não cessa de aumentar e, embora de vez em quando um deles envie 40 ou 50 carroças carregadas de prata para ser trocadas por títulos do governo, o total desses tesouros fica desconhecido.

Mowgli naturalmente não compreendeu o que aquelas coisas significavam. As facas lhe interessaram, mas não tinham a boa lâmina da sua, de modo que as lançou fora. Por fim encontrou algo realmente fascinante, próximo a um *howdah* meio enterrado no amontoado de moedas. Era um ankus ou aguilhão para elefantes, que lembrava uma vara comprida com gancho para atracar bote. No topo encastoava-se um enorme rubi redondo; oito polegadas abaixo, no cabo, havia uma larga guarnição de turquesas brutas, cravadas fundo, que facilitava o manuseio; mais abaixo, um volteio de jade esculpido de flores de rubi e folhas de esmeraldas. O resto do cabo fora feito de puro marfim. A ponta — espeto e gancho — era de aço adornado de ouro, com gravações representando caçadas de elefantes. Os desenhos seduziram Mowgli, que viu neles algo de seu amigo Hathi, o Silencioso.

A Naja Branca o seguia de perto.

— A visão disso não vale a morte? — perguntou ela. — Não lhe fiz eu um grande favor?

— Não a compreendo — respondeu Mowgli. — Essas coisas são duras e frias, de nenhum modo boas para comer. Mas isto — e ergueu do monte o ankus — vou levar comigo para examinar à luz do sol. Você disse que era tudo seu. Dê-me isto, que lhe trarei três rãs para comer.

A Naja Branca estremeceu com perverso deleite.

— Por certo que lhe darei — disse. — Tudo que está aqui lhe darei, enquanto aqui estiver.

— Mas vou indo. Este lugar é muito escuro e frio, e desejo levar já esta coisa pontuda para o jângal.

— Olhe para os seus pés. O que vê?

Mowgli apanhou um objeto branco e liso.

— Parece o crânio de um homem — respondeu calmamente. — E ali adiante vejo mais dois.

— São dos homens que vieram roubar o tesouro, há anos. Falei-lhes no escuro, e eles silenciaram para sempre.

— Mas para que iriam querer isto que você chama de tesouro? Se me der o ankus, ficarei agradecido. Se não, ficarei agradecido do mesmo modo. Não brigo com o povo venenoso, do qual sei as palavras-mestras.

— Aqui, só vale uma palavra-mestra: a minha.

Kaa avançou com os olhos em fogo.

— Quem me pediu que o trouxesse? — silvou ela.

— Eu, certamente — balbuciou a naja. — Fazia muito tempo que não avistava um homem e este, além do mais, sabe nossa língua.

— Mas não foi para que você o matasse! Como posso voltar para o jângal e dizer que eu mesma o trouxe para a morte? — silvou Kaa.

— Não falei em matá-lo antes que fosse tempo, e, quanto a voltar para o jângal, está ali uma passagem às suas ordens. Paz, paz, senhora come-macacos! Basta que eu toque na sua cabeça, e jamais o jângal ouvirá falar novamente de você. Sou a guardiã dos tesouros do rei.

— Mas, seu verme branco das trevas, já lhe disse e redisse que não há mais nem rei nem cidade em cima de nós! — gritou Kaa.

— Há ainda o tesouro. Espere um pouco, minha Kaa, e assista à corrida do rapaz. Há aqui bom espaço para o esporte. A vida é boa. Corra de lá para cá por alguns instantes, rapaz. Treine os músculos.

Mowgli pousou a mão na cabeça de Kaa.

— Essa brancura só lidou até agora com homens da alcateia dos homens. Não me conhece. Quer luta. Pois que a tenha — sussurrou ele.

Mowgli estava de pé, com o ankus mantido de ponta para baixo. Lançou-o, num golpe instantâneo. O ankus caiu de través logo abaixo do capelo da cobra, fixando-a no chão. Ao mesmo tempo Kaa empregava todo o peso do seu corpo para paralisar os movimentos convulsos da cobra, da cauda ao capelo. Os olhos vermelhos fulminavam, e a cabeça debatia-se da direita para a esquerda.

— Mate! — ordenou Kaa a Mowgli, que estava de faca em punho.

— Não! — respondeu ele. — Nunca matarei senão por fome. Mas, olhe, Kaa! — disse agarrando a cobra pelo capelo, forçando-a a abrir a boca, com a lâmina da faca, mostrando que as terríveis presas da maxila superior já estavam estragadas: a Naja Branca havia vivido mais do que seu veneno. — Thuu (está seco) — disse Mowgli.

E, acenando para que Kaa saísse dali, tirou o ankus de cima da Naja Branca, que se coleou livre.

— Os tesouros do rei precisam de novo guarda — disse ele gravemente. — Thuu, você não se comportou bem. Vamos! Corra de lá para cá por alguns instantes, Thuu! Treine os músculos, Thuu!

— Desgraçada que sou! Mate-me! — silvou a Naja Branca.

— Já falamos muito em matar. Chega. Vou-me embora, Thuu, e levo comigo este gancho, porque lutei e venci.

— Cuidado para que ele não o mate, por fim! Esse objeto significa morte! Lembre-se, é a morte! Basta para matar todos os homens da minha cidade. Não o reterá por muito tempo, homem do jângal, nem aqueles que o obtiverem de você. Eles irão matar, matar, matar para a salvação própria! Minha força de veneno extinguiu-se, mas o ankus fará o trabalho que já não posso fazer. Ele é a morte! Ele é a morte! Ele é a morte!

Mowgli tomou o caminho por onde viera, de rastos, e ao sair dali a última visão que teve foi da Naja Branca mordendo furiosamente a cara dos deuses caídos por terra.

— Ele é a morte! — continuava ela a silvar.

Ambos sentiram prazer em alcançar de novo a luz do dia e, quando chegaram ao seu jângal, Mowgli fez o ankus brilhar ao sol da manhã e mostrou-se contente como se houvesse colhido uma flor rara para espetar nos cabelos.

— Brilha mais do que os olhos de Bagheera — disse com deleite referindo-se aos rubis. — Mas o que queria Thuu dizer quando falou em morte?

— Ignoro — respondeu Kaa. — Só lamento que sua faca não houvesse completado o serviço. Nas Tocas Frias há sempre maldade, em cima do chão e debaixo dele. Mas sinto fome. Quer caçar comigo esta manhã?

— Não. Tenho que mostrar isso a Bagheera. Boa caçada, Kaa! — terminou Mowgli, floreteando no ar o magnífico ankus. E lá se foi, entreparando pelo caminho para admirar a joia, até que chegou ao ponto do jângal que Bagheera frequentava. Encontrou-a bebendo; já havia caçado. Mowgli contou-lhe suas aventuras do começo ao fim e a pantera farejou o ankus várias vezes. Quando Mowgli referiu as últimas palavras da Naja Branca, Bagheera rosnou aprovativamente.

— Nasci nas jaulas reais de Udaipur e conheço alguma coisa a respeito dos homens. Muitos se matarão entre si por causa dessa pedra vermelha apenas.

— Mas as pedras o tornam pesado ao manejo. Minha pequena faca vale mais; e, veja! As pedras vermelhas não têm gosto, não servem para comer. Por que, então, os homens se matam por elas?

— Mowgli, vá dormir. Você já viveu entre os homens e...

— Lembro-me. Os homens matam por desafio

e prazer. Acorde, Bagheera. Fala. Qual seria o uso desse gancho?

Bagheera, pendendo de sono, entreabriu os olhos com expressão de malícia.

— Foi feito para ferir na cabeça os filhos de Hathi, de modo que o sangue jorre. Já observei esse instrumento em ação nas ruas de Udaipur, defronte da minha jaula. Esse objeto já provou o sangue de muitos Hathis.

— Mas por que ferem os elefantes na cabeça?

— Para lhes ensinar a lei dos homens. Não tendo, por natureza, nem garras de águia nem dentes de tigre, o homem inventa coisas como essa e outras ainda piores.

— Quanto mais os conheço, mais sangue vejo nas coisas que a alcateia dos homens fabrica — murmurou Mowgli, com repugnância e já meio arrependido de ter trazido o ankus. — Se tivesse sabido disso, não o teria pegado. Primeiro vi o sangue de Messua nas chibatas, agora vejo o de Hathi nesse gancho. Não ficarei com ele. Olhe!

O ankus voou pelos ares, cintilando, e foi fincar-se de ponta a 30 metros dali, entre as árvores.

— Deste modo minhas mãos ficam limpas de morte — disse Mowgli esfregando as palmas na terra úmida do orvalho. — Thuu disse que a morte me seguiria. Ela é velha, branca e louca.

— Branca ou preta, velha ou não, vou dormir, irmãozinho. Não posso caçar o dia inteiro e a noite inteira, como fazem alguns.

Bagheera retirou-se para uma caverna que conhecia, a três quilômetros daquele ponto. Mowgli trepou em uma árvore, atou vários cipós ao redor de si e, em menos tempo do que se leva para escrever, estava balançando-se numa rede a 16 metros do solo. Embora não tivesse nenhuma objeção contra a luz forte do dia, Mowgli costumava seguir os hábitos dos seus amigos do jângal, utilizando-se da luz do sol o menos possível. Quando mais tarde despertou, com o vozerio do povo que vive nos galhos, era madrugada. Passara a noite sonhando com as belas pedras que havia lançado fora.

— Posso ao menos ver o gancho outra vez — murmurou consigo, deslizando árvore abaixo por um cipó.

Bagheera estava ao pé do tronco. Mowgli percebeu-lhe a respiração antes de pôr o pé em terra.

— Onde foi parar o gancho? — exclamou ele.

— Um homem o levou. Vejo-lhe aqui as pegadas.

— Então temos de verificar se Thuu falou a verdade. Se o gancho significa realmente morte, o homem deve morrer. Vamos segui-lo.

— Cacemos primeiro — disse Bagheera. — Estômago vazio distrai os olhos. Os homens caminham vagarosamente e o jângal está bastante úmido para guardar as pegadas deste.

Os dois amigos caçaram o mais depressa possível, mas já eram três horas quando, terminada a refeição e satisfeita a sede, se puseram a seguir as pegadas do homem. O povo do jângal sabe que nada deve preceder às refeições.

— Você supõe que o gancho se voltará contra o homem e o matará? — perguntou Mowgli. — Thuu disse que ele significa a morte.

— Pois vamos ver isso — respondeu Bagheera seguindo de cabeça baixa, observando as pegadas. — É só um par de pés (queria dizer que se tratava apenas de um homem), e o peso do gancho faz com que o seu calcanhar afunde na terra úmida.

— Ah! Isso é claro como um relâmpago de verão — ajuntou Mowgli.

E ambos apertaram o passo com os olhos nas pegadas frescas.

— Aqui ele apressou a marcha — observou Mowgli. — Correu. O molde dos dedos está mais esparramado.

Chegaram a um terreno úmido.

— Por que mudaria de rumo aqui? — indagou Mowgli, observando a súbita mudança.

— Atenção! — exclamou Bagheera e lançou-se para a frente, num salto de soberba elasticidade.

A primeira coisa a fazer quando um rastro se interrompe é saltar para diante, a fim de que as próprias pegadas não venham a embaralhar as já existentes. Bagheera, lá de onde a colocou o salto, voltou-se para Mowgli, gritando:

— Vejo um novo rastro que vem ao encontro do primeiro. Pegadas menores, com marcas dos dedos voltadas para dentro.

Mowgli correu para ver.

— Marca de pé de um caçador gonde — disse ele. — Olhe! Aqui ele roçou o arco na relva. Foi por isso que o primeiro rastro mudou de rumo. Pé Grande escondeu-se de Pé Pequeno.

— Verdade — concordou Bagheera. — Agora, para que andando juntos não estraguemos as pegadas, cada um seguirá uma das trilhas. Serei Pé Grande, irmãozinho, e você será Pé Pequeno, o caçador gonde.

Bagheera saltou para trás sobre a pista inicial e deixou que Mowgli acompanhasse o rastro do pequeno homem selvagem.

— Agora — disse a pantera, movendo-se passo a passo ao longo da cadeia de pegadas — eu, Pé Grande, viro para cá, oculto-me atrás das pedras e fico imóvel. Você me gritará, contando o que está observando, irmãozinho.

— E eu, Pé Pequeno, sigo para as rochas — disse Mowgli seguindo a outra pista. — Sento-me rente às pedras, apoiado sobre o braço direito, meu arco entre os dedos dos pés. Esperarei algum tempo para que a marca dos meus pés fique aqui.

— Eu também — acrescentou Bagheera detrás das pedras. — Esperarei descansando a ponta do ankus sobre uma laje. Ele escorrega. Risca um arranhão na pedra. Conte o que aconteceu do seu lado, irmãozinho.

— Um, dois galhos e um grande ramo quebrado! — gritou Mowgli. — Agora, como devo explicar isso? Ah! É claro! Eu, Pé Pequeno, sigo fazendo barulho de modo que Pé Grande possa ouvir-me.

E moveu-se para além das rochas, passo a passo, entre as árvores, com a voz subindo de tom à medida que se aproximava de uma pequena cascata.

— Vou para onde o barulho da água encobre o rumor que faço; e lá espero. Agora é a sua vez de contar o que aconteceu na sua trilha, Bagheera-Pé Grande.

A pantera tinha estudado o terreno em todas as direções, para ver como a pista de Pé Grande se conduzia a partir das pedras. Depois disse:

— Sigo agachado, a partir das pedras, arrastando o ankus. Não vendo ninguém, corro. Corro velozmente. A trilha está clara. Vamos seguir as trilhas. Eu vou correndo!

Bagheera avançou correndo sobre a trilha deixada

pelo Pé Grande, e Mowgli seguiu as pegadas do gonde. Por algum tempo reinou silêncio.

— Onde você está, Pé Pequeno? — gritou Bagheera.

A voz de Mowgli respondeu-lhe de 50 metros à direita.

— Hum! — exclamou a pantera numa tossida profunda. — Os dois seguiram lado a lado, aproximando-se um do outro cada vez mais.

Correram assim por meio quilômetro, guardando mais ou menos a mesma distância até que Mowgli, cuja cabeça não podia se aproximar tanto do chão como a de Bagheera, gritou:

— Encontraram-se. Boa caçada, olhe! Aqui esteve Pé Pequeno, com o joelho nesta pedra, e ali, Pé Grande.

A menos de dez metros daquele ponto, estendido por terra, estava o corpo de um homem, com o peito atravessado por uma flecha das usadas pelos gondes.

— Seria Thuu tão velha e louca como você supôs, irmãozinho? — perguntou a pantera serenamente. — Uma morte pelo menos existe.

— Continuemos. Mas onde está o bebedor de sangue de elefante, o gancho de olho vermelho?

— Pé Pequeno o levou. A pista agora é de um par de pés apenas.

As pegadas eram de um homem pequeno que viera

até ali correndo com uma carga sobre o ombro esquerdo. Nenhum dos seguidores da pista falou até que esta terminou nas cinzas de um fogo extinto, escondido na ravina.

— Outro! — exclamou Bagheera, detendo-se, imóvel como pedra.

O corpo de um pequeno gonde jazia com os pés na cinza. A pantera olhou interrogativamente para Mowgli.

— Foi morto com um bambu — disse o rapaz depois de rápido exame. — Já usei dessas varas com os búfalos, quando servia na alcateia dos homens. A mãe das najas (estou arrependido de tê-la julgado mal) conhecia bem a raça dos homens, como começo eu a conhecê-la. Não lhe disse, Bagheera, que matam por prazer?

— Mataram por causa da pedra vermelha e das azuis — objetou a pantera. — Lembre-se de que já estive nas jaulas reais de Udaipur e conheço os homens.

— Uma, duas, três, quatro pegadas — disse Mowgli, curvando-se sobre as cinzas. — Quatro pegadas de homens calçados. Esses não caminham tão rápido como o gonde. Que mal fez o pequeno selvagem? Veja, confabularam todos juntos, os cinco, de pé, antes de matarem o gonde. Bagheera, voltemos. Meu estômago está cheio e apesar disso sobe e desce como um ninho de papa-figos na ponta de um galho.

— Não é comportamento de um caçador prudente

abandonar a caça. Siga-me — respondeu a pantera. — Esses oito pés calçados não devem estar longe.

Nada mais conversaram durante toda uma hora, enquanto seguiam a larga pista dos quatro homens calçados.

Estava luminoso o dia, com sol quente. Bagheera farejou de súbito o ar e disse:

— Sinto fumaça.

— Os homens cuidam mais de comer do que de correr — observou Mowgli, caminhando dentro do jângal desconhecido que estavam explorando naquele dia.

Bagheera, um pouco à esquerda, desferiu de súbito um indescritível grito.

— Aqui está um que morreu comendo — disse ela. Uma trouxa de roupas alegremente coloridas mostrava-se aberta sob um arbusto; em redor, farinha derramada.

— Este também foi morto com a vara de bambu — observou Mowgli. — Veja! Está aqui o pó branco de que os homens se alimentam. Mataram por isso. Levaram a farinha e deixaram a vítima como ceia para Chil, o Abutre.

— Três já! — contou Bagheera.

— Vou levar muitas rãs para a mãe das najas e hei de fazê-la engordar — refletiu Mowgli consigo. — O ankus, bebedor de sangue de elefante, é a própria morte, não há dúvida, mas não posso compreender isso...

— Para a frente! — gritou Bagheera.

Não tinha andado um quilômetro quando ouviram Ko, o Corvo, crocitando o canto da morte no topo de uma tamarga, sob cuja sombra três homens jaziam deitados. Moribunda fogueira fumegava ali perto, sob um caldeirão de conteúdo semicarbonizado. Rente ao fogo e rebrilhando ao sol, o ankus cravejado de turquesas e rubis.

— Este gancho trabalha depressa! Tudo se acabou aqui — observou Bagheera. — Como teriam morrido estes, Mowgli? Não vejo ferida em nenhum.

Um filho do jângal aprende por experiência tudo quanto sabem os doutores sobre plantas e frutas venenosas. Mowgli cheirou a fumaça que ainda se erguia da fogueira, quebrou um pedaço do negro conteúdo do caldeirão, provou-o.

— A maçã da morte! — exclamou, cuspindo. — Um deles envenenou a comida para matar os outros três e foi morto antes disso.

— Boa caçada, realmente! A morte não perdeu tempo — disse Bagheera.

Maçã da morte é como o jângal chama o estramônio, o mais fulminante veneno da Índia.

— E agora? — perguntou a pantera. — Teremos de nos matar um ao outro por causa deste gancho de ouro vermelho?

— Como fiz bem em jogá-lo fora! — murmurou Mowgli. — Para nós não fará mal, porque não desejamos o que os homens desejam. Se ficar aqui, por certo que continuará a matar homens, um atrás do outro, tão rapidamente como as castanhas caem em dia de vento.

— Que importa? Não passam de homens. Eles sentem prazer em matar uns aos outros — observou Bagheera. — Este primeiro lenhador trabalhou bem com o seu veneno.

— São, afinal de contas, nada mais do que filhotes, e um filhote afoga-se na água para morder a lua, que nela se reflete. A culpa foi minha — decidiu Mowgli, que falava como se soubesse o segredo de todas as coisas. — Nunca mais trarei para o jângal objetos estranhos, ainda que sejam lindos como flores. Este — e pegou cautelosamente o ankus — voltará para a mãe das najas. Mas antes temos de dormir, e não posso dormir perto desses dorminhocos. Vou enterrar o ankus para que não fuja e vá matar outros seis. Cave um buraco sob essa árvore, Bagheera.

— Mas, irmãozinho — disse a pantera erguendo-se —, acredito que as mortes não vieram por culpa do bebedor de sangue. Ele não passou de mero instrumento nas mãos dos homens.

— Dá na mesma — replicou Mowgli. — Abra um

buraco fundo. Quando acordar do meu sono, vou levá-lo de volta para a mãe das najas.

***

Duas noites mais tarde, quando a Naja Branca, no escuro da cava, desgraçada, roubada e solitária, estava no meio de suas lamentações, o ankus surgiu zunindo por entre a brecha da abóbada e veio cair no seu velho leito de moedas de ouro.

— Mãe das najas — disse Mowgli (que se conservara cautelosamente do outro lado) —, arranje uma cobra nova e bem venenosa para guardiã dos tesouros do rei, de modo que homem nenhum saia da cova com vida.

— Ha-ha! Você voltou! Eu disse que esse objeto significa a morte. Mas como você ainda está vivo? — murmurou a velha naja, esfregando-se amorosamente no cabo do ankus.

— Pelo touro que me comprou, não sei dizer! Essa coisa matou seis homens numa noite. Não a deixe sair nunca mais...

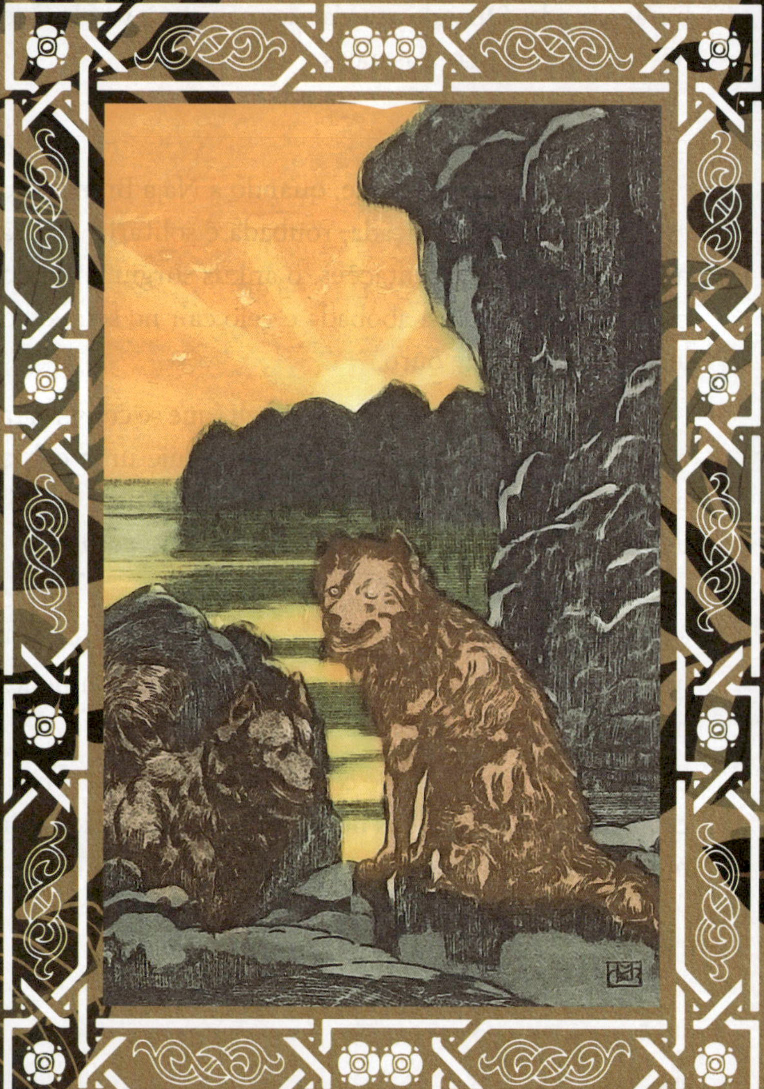

CAPÍTULO VII

OS CÃES VERMELHOS

Depois que o jângal invadiu e destruiu a aldeia é que a melhor parte da vida de Mowgli começou. Andava com a consciência leve dos que vivem com todas as contas acertadas, além de que todo o jângal o adorava, embora com uma ponta de medo. O que ele viu ou fez enquanto andou de um povo para outro, só ou com os seus habituais companheiros, daria margem para muitas histórias longas como esta. Vocês não saberão, portanto, como encontrou o Elefante Louco de Mandla, o qual matara 22 bois que puxavam 11 carros carregados de prata do governo, derramando todas aquelas rúpias no pó da estrada; nem como lutou com Jacala, o Crocodilo, durante uma noite inteira nos pantanais do norte, quebrando a sua faca nas escamas do bruto; nem como encontrou outra faca maior no cadáver de um homem, morto por feroz javardo, que Mowgli perseguiu e matou para justificar a posse da faca; nem como foi apanhado, durante a grande fome, por um rebanho de gamos em retirada, quando quase morreu pisoteado; nem como salvou Hathi, o Silencioso, de cair numa armadilha em cujo fundo havia uma terrível estaca; nem como, no dia seguinte, caiu ele próprio numa engenhosa armadilha para leopardos, de onde Hathi o tirou depois de remover todos os troncos amontoados em cima; nem como tirava leite de búfalas nos pantanais; nem como..

Mas temos de contar uma história de cada vez. Pai Lobo e Mãe Loba haviam morrido, e Mowgli rolara para a boca da caverna um grande bloco de pedra, depois de entoar diante dos dois cadáveres o canto da morte. Baloo envelhecera bastante, e até Bagheera, cujos nervos eram de aço e os músculos de ferro, não passava de sombra do que fora. Akela mudara de cinzento para quase totalmente branco, devido à idade: suas costelas desenhavam-se em relevo na pele e quando andava parecia feito de pau. Mowgli caçava para ele. Mas os jovens lobos, os filhos da desmantelada alcateia de Seoni, esses prosperavam, muito aumentados. Quando atingiram o número de 40, fortes, senhores de si, voz cheia, pés agílimos de lobos de cinco anos, Akela disse-lhes que deveriam juntar-se em alcateia unida e seguir a lei sob o comando de um chefe, como de praxe na história do povo livre.

Isso não era caso em que Mowgli devesse intervir, porque, como ele mesmo costumava observar, já comera frutos azedos e conhecia as árvores de onde eles frutificam; mas, quando Fao, filho de Faona, lutou pela chefia da alcateia, de acordo com a lei do jângal, e uma vez mais os velhos cantos de convocação começaram a soar sob as estrelas, Mowgli compareceu à Roca do Conselho movido apenas pela saudade. E todas as vezes em que lá falou foi ouvido em completo silêncio. Os dias corriam bons para a caçada e para o sono. Nenhum intruso ousava penetrar na floresta ocupada pelo povo de Mowgli, que era como diziam da alcateia, e os lobos prosperavam, lustrosos e fortes, sempre com numerosos lobinhos trazidos à cerimônia do "olhem bem, lobos!" Mowgli não as perdia, para relembrar a noite em que a Pantera Negra o comprou, criança nuazinha, pelo preço de um touro gordo. O merencório apelo "olhem, olhem bem, lobos!" punha-lhe o coração palpitando. Não fosse isso e já teria se distanciado no jângal, com os quatro companheiros, para provar, tocar, ver e sentir coisas novas.

Certa tarde em que vinha trotando preguiçosamente através das montanhas para trazer para Akela a metade do gamo que havia caçado, enquanto atrás os quatro lobos pulavam e brincavam na louca alegria de viver, Mowgli ouviu um grito que não ouvia desde os maus tempos de

Shere Khan. Era o que o jângal chama o *pheeal*, hedionda espécie de uivo que o chacal desfere quando está caçando próximo ao tigre ou quando encontra perigo de vulto. Se vocês podem imaginar um misto de ódio e triunfo, medo e desespero, com um olhar de malícia malvada de través, terão uma vaga noção do *pheeal* que se ergueu na selva, ondulou, ecoou e vibrou ao cruzar o Waingunga. Os quatro lobos detiveram-se imediatamente, rosnando, arrepiados. A mão de Mowgli crispou-se no cabo da faca; seu corpo imobilizou-se; o sangue afluiu-lhe ao rosto e as sobrancelhas carregaram-se.

— Não sei de listrado algum que ouse caçar por aqui — disse ele.

— Nem é grito de mau presságio — observou o irmão Cinzento. — É sinal de uma grande matança, isto sim. Escute!

O *pheeal* ressoou de novo, meio soluçado, meio gargalhado, como se o chacal tivesse garganta humana. Mowgli, então, tomou longo fôlego e correu para a Roca do Conselho, apressando, no caminho, os lobos da alcateia que para lá se dirigiam. Fao e Akela já estavam na Roca, um ao lado do outro, e abaixo deles, com os nervos eletrizados, muitos mais. As mães escondiam os filhotes nas cavernas, porque quando o *pheeal* soa, não é tempo de os fracos ficarem expostos.

Nada se ouvia nas trevas senão o borbulhar impetuoso

do Waingunga e o rumor leve dos ventos noturnos na fronte das árvores. Súbito, além do rio, um lobo uivou. Não era lobo da alcateia de Seoni, pois que esses já se achavam todos na Roca. Soltou um uivo que logo caiu para um ganir desesperado. "Dhole!", gemia ele. "Dhole! dhole! dhole!" Minutos depois, ouviu-se o rumor de pés cansados que vinham tropeçando pelas trilhas e, por fim, um lobo magro, listrado de vermelho nos flancos, pata dianteira direita ferida, boca espumejante, lançou-se entre eles, ofegando, e lambeu os pés de Mowgli.

— Boa caçada! — saudou gravemente Fao. — A que grupo você pertence?

— Boa caçada! — respondeu o estranho. — Won-tolla me chamo — declarou a seguir, querendo dizer que era um lobo solitário, dos que lutam só para si, para a companheira e para os filhotes, ocultos em alguma caverna perdida, como há muitos no sul. Won-tolla significa arredio, aquele que vive fora de qualquer bando. O recém-chegado ofegava, exausto.

— Que é que perturba o jângal? — perguntou Fao, repetindo a pergunta que todo o jângal faz quando o *pheeal* soa.

— O dhole, o dhole do Decã[3] — cão vermelho, o

---

3   O Decã é um planalto de grande extensão na Índia, que ocupa a maior parte do centro e do sul do país.

matador! Vem do norte para o sul dizendo que o Decã está vazio e vem matando pelo caminho. Quando esta lua começou, éramos cinco: minha companheira, eu e três filhotes. Minha companheira saíra para ensinar aos filhotes como se caça na planície. À meia-noite ouvi-os juntos, seguros na pista de um gamo. Pela madrugada encontrei-os rígidos no matagal, os quatro, quatro filhos do povo livre! Procurei, então, o matador. Encontrei o dhole.

— Quantos? — perguntou Mowgli, com a voz destacando-se viva no lúgubre uivar da alcateia.

— Não sei. Três deles nunca mais matarão; os outros fizeram-me fugir qual gamo, sobre três patas. Veja, povo livre! — e o lobo arredio mostrou a pata pendente, empapada de sangue em coágulos. Pelo seu corpo viam-se as marcas de cruéis mordidas, sobretudo no pescoço.

— Venha comer — disse Akela, erguendo-se de cima da carne que Mowgli lhe havia trazido.

— Não será bondade inútil — respondeu o lobo com humildade, depois que satisfez grande parte da fome. — Restaure-me as forças, povo livre, que eu também ajudarei a matar. Minha caverna está vazia e estava cheia quando esta lua começou. A dívida de sangue não foi toda paga ainda.

Fao ouviu os dentes do recém-chegado estalarem num osso do gamo e rosnou aprovativamente.

— Vamos precisar dessas maxilas. Observou filhotes entre os dholes?

— Nenhum. Caçadores ruivos todos; cães adultos, pesados e fortes em consequência dos muitos lagartos comidos no Decã.

O que Won-tolla tinha dito significava que o dhole, o cão vermelho do Decã, vinha em incursão de matança, e todos sabiam que até o tigre abandona a presa que caçou para o dhole. Eles varam em linha reta o jângal e estraçalham o que encontram. Embora não sejam grandes nem tão hábeis como os lobos, são fortíssimos e muito numerosos. O dhole não se considera em bando senão depois de atingida a conta de um cento, ao passo que os lobos formam comumente uma alcateia com 40. As incursões de Mowgli já o haviam levado às baixadas do Decã, onde vira os destemerosos dholes dormindo, brincando ou coçando-se contra moitas que usam como antros. Desprezava-os e odiava-os, porque não tinham o cheiro peculiar do povo livre, porque não viviam em cavernas e, acima de tudo, porque tinham pelos entre os dedos, ao passo que ele e seus companheiros lobos eram de pés pelados. Mas sabia por informação de Hathi que terrível coisa eram os dholes na caça. O próprio Hathi se afastava para lhes dar caminho. Até que sejam todos mortos, ou que a caça desapareça da zona, os dholes seguem sempre para diante.

Akela também sabia algo a respeito, pois disse calmamente para Mowgli:

— É preferível morrermos unidos em bando, a morrermos sem chefe, um por um. Isto vai ser boa caçada e minha última caçada... Mas se você sobreviver, irmãozinho, terá ainda muitas noites e dias. Siga para o norte, fique lá. Se algum de nós sobreviver, por ele conhecerá a história dessa luta.

— É mesmo? — murmurou Mowgli, com aspecto grave. — Acha que devo ir para os pantanais, viver de peixes e dormir em árvores ou pedir abrigo aos bandar-log e ficar quebrando nozes, enquanto a alcateia luta?

— Vai ser luta de morte — disse Akela. — Você nunca enfrentou o dhole, o matador vermelho. O próprio listrado recua...

— Ora, ora! — exclamou Mowgli, levianamente. — Já matei um listrado e estou certo de que Shere Khan teria abandonado sua própria companheira para pasto dos dholes, se tivesse percebido um bando deles três montanhas lá longe. Ouça agora. Houve um lobo meu pai, e uma loba minha mãe, e um velho lobo cinzento (está ele agora branco de velhice) que foi ao mesmo tempo meu pai e minha mãe. Por isso digo — e ergueu a voz —, digo que quando os dholes vierem, se vierem, Mowgli e o povo livre serão uma só carne numa só pele para a peleja; e digo, pelo touro que me comprou, pelo touro que Bagheera pagou por mim nos velhos dias que vocês, lobos novos, não conheceram, digo aos berros para que as árvores e o rio possam ouvir minha palavra e sirvam de testemunhas; digo que esta minha faca será um dente da alcateia e será um dente aguçado! Esta é a palavra que sai de dentro de mim.

— Você não conhece o dhole, homem com língua de lobo! — interveio Won-tolla. — Eu procuro apenas ajustar com eles minha dívida de sangue antes que me façam em postas. Os dholes aproximam-se lentamente, matando pelo caminho, mas em dois dias um pouco de força voltará aos meus músculos e retomarei a liquidação de contas. Vocês, porém, povo livre, devem partir para o norte por uns tempos, enquanto os dholes permanecerem aqui. Não há carne nesta caçada.

— Ouçam o arredio! — gritou Mowgli numa risada. — Povo livre, devemos ir para o norte comer lagartixas e ratos para evitar o risco de enfrentar os dholes! Eles que cacem em nossos campos de caça enquanto permanecemos escondidos no norte, e que seja assim até que eles decidam abandonar esta área! O dhole é cão, cão ruivo de barriga amarela, sem antros, com pelos nos pés. Seus filhos vêm ao mundo em número de seis a cada ninhada, como se fossem Chikai, o pequeno rato saltador. Está claro que devemos fugir, povo livre, e ainda pedir licença aos povos do norte para apanhar-lhes os restos de comida! Vocês conhecem o dito: "O norte são vermes; o sul são piolhos. O jângal somos nós". Escolham, escolham. É boa caçada! Pela alcateia, pelo antro e pelo ninho, pela companheira que arrasta a corsa e pelos pequenos filhotes que brincam dentro da caverna, resolvam!

A alcateia respondeu num uivo uníssono, que soou na noite como grande árvore que cai:

— Está resolvido. Resistiremos!

— Fiquem com eles — disse Mowgli aos seus quatro companheiros. — Necessitamos aqui de todos os dentes. Fao e Akela prepararão a batalha. Eu vou contar o número dos cães.

— Morte! É morte! — uivou Won-tolla semierguendo-se. — Que pode essa criatura pelada fazer contra os cães vermelhos? O próprio tigre, lembrem-se...

Mowgli o interrompeu de longe:

— Você é realmente o arredio. Mas conversaremos depois que os dholes estiverem mortos. Boa caçada para todos!

Mowgli correu nas trevas, excitado, sem dar tento ao chão onde punha os pés, e em consequência tropeçou, caindo sobre as roscas de Kaa, àquela hora de tocaia aos veados perto do rio.

— Ora essa! — silvou a serpente em cólera. — É

coisa do jângal andar correndo e perturbando as caçadas noturnas, quando a caça se aproxima?

— Foi minha culpa — confessou Mowgli, voltando a si. — Realmente estava à sua procura, Kaa, e sempre que a encontro vejo-a mais comprida e mais grossa. Não há no jângal ninguém como você: prudente, forte, bela...

— Onde quer chegar com tais elogios? — perguntou Kaa, amável. — Não faz uma lua que um homenzinho de faca na mão me lançou pedras na cabeça e disse-me nomes feios porque dormi ao relento...

— ...E porque — concluiu Mowgli sentando-se sobre ela — espantava os veados atrás dos quais o homenzinho estava correndo e, sendo surda como é, não lhe ouvia os gritos para que saísse do caminho.

— Agora — prosseguiu a serpente —, esse mesmo homenzinho vem à insultada com palavras macias, chamando-a de prudente, de forte e de bela. E a mesma cabeça chata em tudo acredita e o acolhe assim... Você está bem acomodado agora, irmãozinho? Bagheera poderia dar para você um assento tão bom?

Como de costume, Kaa tinha se ajeitado tal qual uma rede de dormir sob o peso de Mowgli, com a cabeça repousada no ombro dele. O rapaz contou-lhe o que havia sucedido.

— Prudente posso ser — disse Kaa no fim —, mas é

certo que sou surda. Do contrário, teria ouvido o *pheeal*. Não me admira agora que os comedores de ervas estejam tão inquietos. Quantos são os dholes?

— Não sei, não os vi ainda. Vim voando até aqui. Você é mais velha do que o Silencioso. Mas, Kaa — e aqui Mowgli esperneou de alegria —, vai ser muito boa a caçada! Poucos dentre nós verão outra lua.

— Pretende lutar? Lembre-se de que é um homem e que a alcateia já o expulsou. Deixe os lobos às voltas com os cães. Você é homem.

— As castanhas do ano passado são este ano pó negro — respondeu Mowgli. — É verdade que sou homem, mas esta noite acabo de afirmar que sou lobo. Apelei para as árvores e para o rio como testemunhas. Lobo sou, pertencerei ao povo livre até que os dholes tenham partido.

— Povo livre! — silvou Kaa. — Ladrões livres, isso sim! E você se amarrou a eles, num nó de morte, pelo amor de dois lobos defuntos? Isso não é boa caçada, irmãozinho.

— Dei minha palavra. As árvores sabem disso e o rio também. Enquanto os dholes estiverem aqui, não mudarei de ideia.

— Claro! Tudo mudou agora. Julguei que fosse o meu dever levar você para os pantanais do norte, mas a palavra dada, ainda que a palavra de um pelado, é a palavra dada. Assim sendo, eu, Kaa, digo...

— Pense direito, cabeça chata, para que você não se ligue num nó de morte também. Não necessito de sua palavra, pois a conheço bem.

— Assim seja — disse Kaa. — Não darei minha palavra. Mas o que você planeja fazer quando os dholes vierem?

— Eles devem atravessar a nado o Waingunga. Pensei em esperá-los no raso com a minha faca e com a alcateia atrás de mim; desse modo, esfaqueando-os e acuando-os, poderemos lançá-los rio abaixo ou esfriar-lhes as gargantas.

— Os dholes não descerão rio abaixo nem deixarão que lhes resfriem as gargantas — respondeu Kaa. — Não haverá mais nem homenzinho, nem filhote de lobo, quando a caçada chegar ao fim. Apenas haverá ossos.

— Ora, se morrermos, morremos! Será a maior das caçadas! Mas meu estômago é jovem e ainda não vi muitas chuvas. Não sou prudente nem forte. Você tem plano melhor, Kaa?

— Eu já vi uma centena de chuvas. Antes que em Hathi nascessem os marfins de leite, o meu rastro já deixava marcas na areia. Pelo primeiro ovo! Sou mais velha que muitas árvores e conheço toda a vida do jângal!

— Mas isso é caçada nova — disse Mowgli. — Nunca antes os dholes cruzaram o nosso caminho.

— O que acontece, já aconteceu. O ano que vai ser não passa de repetição de um ano esquecido lá muito longe. Fique em silêncio, enquanto conto minha vida.

Por toda uma hora Mowgli ficou deitado nas roscas de Kaa, que, com a cabeça imóvel no chão, recordava tudo quanto vira ou soubera, desde o tempo em que deixou o ovo. A luz parecia fugir dos seus olhos, deixando-os qual opala morta, e de vez em quando Kaa agitava-se em rápidos movimentos de cabeça para a esquerda ou para a direita, como se estivesse caçando no sono. Mowgli cochilava calmamente, porque sabia que não há nada como o descanso do sono antes da luta e estava treinando para dormir a qualquer hora do dia ou da noite.

Súbito, sentiu o corpo de Kaa engrossar debaixo de si; a serpente inchava, silvando como o ruído da espada que sai da bainha. Houve um demorado silêncio.

— Recordei todas as estações passadas — disse ela —, e as grandes árvores, e os velhos elefantes, e as rochas, que eram nuas e de arestas agudas antes que os musgos as embotassem. Você ainda está vivo, irmãozinho?

— Faz pouco tempo que a lua se deitou — respondeu Mowgli. — Não compreendo...

— Oba! Sou de novo Kaa. Verifiquei isso há pouco. Vamos agora ao rio e lhe mostrarei o que você pode fazer contra os dholes.

A serpente dirigiu-se em linha reta para a correnteza do Waingunga, onde mergulhou pouco acima do poço que escondia a Roca da Paz. Mowgli seguia-a.

— Não nade — disse ela. — Monte em meu dorso, irmãozinho.

Mowgli passou o braço esquerdo em torno do pescoço de Kaa, estirou o direito ao longo do corpo e, de pernas unidas, deixou-se levar. A serpente enfrentou a correnteza como só ela sabia fazer; o movimento da água formava babados em torno do pescoço de Mowgli e seus pés subiam e desciam no remoinho formado atrás. Três quilômetros acima da Roca da Paz, o Waingunga estrangula-se numa garganta de rochas calcárias, de 30 metros de altura, a água corre como em bica de moinho por entre e por sobre toda sorte de pedras. Mowgli não se perturbou com aquilo; nenhuma água do mundo lhe causaria um momento de pavor. Ia olhando para as paredes da garganta da rocha e farejava o ar com cara de desagrado: havia nele um bafio adocicado e azedo, como de um grande formigueiro em dia quente. Instintivamente abaixou-se na água, apenas erguendo a cabeça a espaços, para respirar, até que Kaa ancorou, com volta dupla da cauda, em torno de uma pedra submersa. Mowgli viu-se mantido a prumo dentro de um anel vivo, enquanto a torrente passava.

— A morada da morte! — exclamou o rapaz. — Por que vimos ter aqui?

— Elas dormem — respondeu Kaa. — Hathi não se desvia do caminho do tigre. Hathi e o tigre, entretanto, desviam-se do caminho dos dholes, os quais não se desviam de caminho nenhum. E de quem se desvia o povo miúdo das rochas? Diga-me agora, senhor do jângal, quem é realmente o mais forte?

— Elas — sussurrou Mowgli. — Aqui é a morada da morte. Vamos embora.

— Espere e olhe bem, pois elas estão dormindo. Tudo como no tempo em que meu corpo não era maior do que o seu braço.

Os destroços das rochas naquela garganta do Waingunga havia sido, desde os começos do jângal, usado pelo povo miúdo das rochas — as ferozes abelhas negras da Índia — e, como Mowgli sabia muito bem, todos os caminhos se desviavam daquele ponto num raio de mais de três quilômetros. Por séculos o povo miúdo vinha construindo colmeias de fenda em fenda e desdobrando-se em novos enxames; por isso todo o calcário se manchava de cera negra e mel azedo, e grandes colmeias vibravam no fundo escuro das cavernas, onde nem homem, nem animal, nem fogo, nem água jamais as alcançaram. Em toda a extensão da garganta, de ambos os lados, a pedra se recobria de negra cortina de veludo, que fez Mowgli esconder-se dentro da água: eram milhões de abelhas adormecidas. Havia também saliências na superfície da pedra, semelhantes a velhos troncos petrificados, que não passavam de colmeias abandonadas ou colmeias novas, construídas à sombra da quieta garganta, e ainda grandes massas de tranqueira apodrecida, que rolaram do alto e ficaram pendentes das saliências da pedra. Mowgli ouvia às vezes o ruído de uma colmeia desprendendo-se do apoio e rolando, prenhe de mel, para o fundo do abismo. Nuvem de coléricas asas em alvoroço completava a cena, bem como o pingar de fios ou gotas de mel pelas irregularidades das paredes. Havia uma pequena praia, numa das margens do rio, logo adiante, onde se amontoavam detritos de incontáveis anos: abelhas mortas, zangãos, larvas, favos azedos e asas de insetos saqueadores, que, atraídos pelo mel, ali ficaram. O simples cheiro desses detritos era o bastante para amedrontar qualquer ser não alado que conhecesse a ferocidade do povo miúdo.

Kaa moveu-se rio acima até alcançar certa barra de areia, num dos extremos da garganta.

— Eis a matança da estação. Olhe!

Viam-se na areia os esqueletos de um casal de veados e de um búfalo. Mowgli notou que nenhum lobo ou chacal havia tocado naqueles ossos.

— Vieram fugidos dos dholes. Não conheciam a lei, e o povo miúdo os matou — disse Mowgli. — Saiamos daqui antes que elas despertem.

— Só despertarão pela madrugada — observou Kaa.
— Escute. Muitas chuvas atrás um gamo perseguido por uma alcateia veio do sul para cá sem conhecer o jângal. Cego pelo terror, atirou-se ao rio da beira da garganta. A alcateia entreparou do alto; alguns lobos lançaram-se na água atrás dele, morrendo afogados. Os que não saltaram também morreram lá em cima, porque as abelhas estavam coléricas. Só o gamo se salvou.

— Por quê?

— Porque chegou primeiro e saltou antes que o povo miúdo o percebesse. Já estava no rio quando as abelhas revoaram para o assalto. A alcateia, que vinha atrás, teve de suportar em cheio o ataque e sucumbiu.

— O gamo salvou-se realmente? — perguntou Mowgli.

— Pelo menos não morreu nessa ocasião, embora ninguém o esperasse do outro lado, com um forte abraço que o recolhesse da água, como certa cabeça chata, velha e gorda esperaria um homenzinho: sim, ainda que todos os dholes do Decã estivessem no seu encalço. O que você pensa disso? — concluiu Kaa, com a cabeça rente ao ouvido de Mowgli.

A resposta demorou um pouco.

— Isso é como puxar os próprios bigodes da morte, mas, realmente, Kaa, você é a primeira cabeça do jângal!

— Assim dizem... É preciso que os dholes o sigam.

— Por certo que vão me seguir. Ha-ha! Tenho muitos espinhos na língua para espetar-lhes na pele e assim fazê-los seguirem-me.

— Se acuarem você cegamente, os que não morrerem em cima serão forçados a lançar-se na água, aqui ou mais para a frente, porque o povo miúdo se erguerá em massa e breve cobrirá grande área. Mas as águas do Waingunga são coléricas e eles não terão nenhuma Kaa para os amparar; irão rolando até os rasos próximos de Seoni, ponto em que a sua alcateia poderá ferrá-los na garganta.

— Perfeito! A ideia é boa como chuva caída em estação de seca! Tenho apenas de correr e saltar a barranca. Antes disso farei com que os dholes notem a minha presença e me sigam nos calcanhares.

— Você examinou as rochas que ficam sobre a sua cabeça, ao lado da terra?

— Não. Esqueci de observá-las.

— Vá vê-las. É pedra podre, cheia de buracos. Se você meter o pé ali sem prestar atenção porá fim a tudo. Agora, deixo você aqui e, apenas porque amo você, irei avisar a alcateia e dizer onde devem esperar os dholes. Sim, porque eu não me interesso por lobos.

Quando Kaa nutria desprezo por um tipo de animal,

tornava-se para ele o mais desagradável animal do jângal, exceção feita apenas para Bagheera. A serpente nadou corrente abaixo até que em certo ponto viu Fao e Akela, atentos aos rumores noturnos.

— Ora, ora, os cães — silvou ela alegremente. — Os dholes descerão o rio. Se não forem covardes, poderão matá-los no raso.

— Quando virão? — perguntou Fao.

— Onde está o filhote de homem? — perguntou Akela.

— Virão quando vierem — respondeu Kaa. — Esperem-nos. Quanto ao seu filhote de homem, de quem tomaram a palavra, deixando-o livre para morrer, o seu filhote de homem está comigo e, se ainda vive, não é graças a vocês, cães descorados! Esperem pelos dholes e alegrem-se por estarmos do seu lado, eu e o filhote.

Kaa deslizou outra vez rio acima e ancorou no meio da garganta, olhando para o alto. Imediatamente viu, na fímbria da barranca, a cabeça de Mowgli em silhueta contra o céu. Logo em seguida algo sibilou no ar. Tchi--bum! Um corpo de pés juntos caiu na água. Instantes após, o mergulhador descansava nos anéis de Kaa.

— É difícil pular à noite. Já pulei duas vezes por esporte — disse Mowgli calmamente —, mas o ponto lá em cima é ruim: arbustos baixos e ravinas fundas, tudo coberto de povo miúdo. Amontoei grandes pedras, umas sobre outras, na beira de três ravinas, para fazê-las cair no fundo quando eu vier correndo. Isso fará o povo miúdo erguer-se atrás de mim, tomado de cólera cega.

— Você fala como homem, com a astúcia do homem — disse Kaa. — Mas é preciso que saiba que o povo miúdo vive em permanente cólera.

— No crepúsculo todas as asas repousam. Irei provocar os dholes a essa hora, já que preferem caçar de dia. Eles estão seguindo a pista sangrenta de Won-tolla.

— Chil, o Gavião, nunca abandona um boi morto, nem os dholes abandonarão uma pista sangrenta.

— Nesse caso vou lhes dar uma nova pista sangrenta, traçada com o próprio sangue dhole. Você me esperará aqui, Kaa, até que eu volte com os meus dholes?

— Sim, mas e se matarem você no jângal ou se o povo miúdo o apanhar antes que tenha saltado?

— Quando o dia de amanhã vier, caçaremos para o dia de amanhã — respondeu Mowgli repetindo um dito do jângal. Depois disso acrescentou: — Se eu morrer, que me cantem o canto da morte. Boa caçada, Kaa.

Mowgli soltou o braço do pescoço da serpente e desceu a correnteza como um tronco que boia; em certo ponto nadou para a margem, onde a água diminuía de ímpeto. Ria-se alto, tomado de estranha sensação de felicidade. De coisa alguma gostava mais que, como dizia, puxar os bigodes da morte, fazendo assim com que o jângal conhecesse ser ele o chefe. Frequentemente, com a ajuda de Baloo, havia furtado mel de colmeias isoladas; por isso sabia que as abelhas detestam o cheiro do alho selvagem. Colheu uma braçada dessa planta, amarrou-a em feixe com embira e só então se dirigiu para o rastro sangrento de Won-tolla, no ponto em que tomava rumo para os antros da sua alcateia. Caminhou cerca de oito quilômetros, rindo para as árvores.

— Mowgli, a Rã, eu já fui — dizia para si mesmo. — Mowgli, o Lobo, eu mesmo proclamei que sou. Agora tenho de virar Mowgli, o Macaco, antes que me torne Mowgli, o Gamo. No fim de tudo voltarei a ser Mowgli, o Homem — disse e acariciou a longa lâmina de sua faca.

O rastro de Won-tolla, manchado de sangue negro, passava sob uma floresta densa, de árvores muito juntas, que seguia na direção nordeste, gradualmente rareando até extinguir-se a três quilômetros da Roca das Abelhas. Da última árvore da floresta aos arbustos nanicos da Roca das Abelhas, havia um descampado onde dificilmente se esconderia um lobo. Mowgli caminhou sob as árvores, medindo as distâncias entre galho e galho, subindo em várias delas e experimentando saltar de uma para a outra até alcançar o descampado, que foi cuidadosamente investigado durante uma hora. Depois voltou, retomou o rastro de Won-tolla onde o havia deixado, ajeitou-se em um galho de árvore que ficava a uns três metros do chão e ali esperou, cantarolando para si próprio e afiando a faca na sola dos pés.

Pouco antes do meio-dia, quando o sol já estava bastante quente, ouviu o patear e sentiu a abominável catinga do bando de dholes, perseguindo impiedosamente o rastro de Won-tolla. Vistos de cima, pareciam menores que os lobos, mas o rapaz sabia quão rijos de pés e dentes eles eram. Fixou os olhos no cabeça do grupo, que vinha à frente farejando o solo, e gritou-lhe o "boa caçada!"

O bruto olhou para cima, enquanto seus companheiros entreparavam. Eram dezenas e dezenas de cães ruivos, com caudas pendentes, ombros fortes, quartos estreitos e bocas sanguinárias. Os dholes são um povo calado e sem costumes estabelecidos, mesmo no jângal em que habitam. Cerca de 200 deviam estar ali, encabeçados pelos chefes, que farejavam o rastro de Won-tolla e faziam o bando mover-se para a frente. A intenção de Mowgli era mantê-los ao redor da sua árvore até a tardinha.

— Com licença de quem vocês penetraram aqui? — perguntou ele.

— Todos os jângales são o nosso jângal — foi a resposta, e o dhole que a deu arreganhava os dentes alvíssimos.

Mowgli olhou para baixo, rindo, e imitou perfeitamente o grito agudo de Chikai, o rato saltador do Decã, querendo significar que não tinha os dholes em melhor conta que os Chikai. O bando rodeou o tronco e o chefe latiu selvagemente, chamando Mowgli de macaco. Como resposta, Mowgli espichou uma das suas pernas e mexeu com os dedos bem em cima da cabeça do chefe. Foi o bastante para lançar todo o bando na mais estúpida raiva. Os que têm pelos entre os dedos dos pés não querem ser lembrados disso. Mowgli recolheu o pé quando o chefe saltou para agarrá-lo e disse-lhe amavelmente:

— Cão, cão ruivo! Volta para o Decã, para comer lagartixas. Vai para a companhia do Chikai, teu irmão, cão ruivo, cão ruivo! — e mexeu com os dedos dos pés pela segunda vez.

— Uma hora você vai descer ou morrerá de fome aí, macaco pelado! — latiu o bando, e era justamente o que Mowgli queria. Deitou-se, então, ao longo do galho e disse aos furiosos dholes tudo quanto pensava a respeito deles, de suas maneiras, de seus costumes, de suas fêmeas e filhotes. Não há no mundo linguagem mais rancorosa e cruel do que a que o povo do jângal usa para mostrar desprezo. Mowgli havia dito a Kaa que tinha muitos espinhos na boca para lançar contra os dholes. E lançou-os lentamente, um por um, levando os cães vermelhos do silêncio ao latido, do latido ao uivo e destes a verdadeiros rugidos de fúria.

Os dholes experimentaram revidar, mas isso valia tanto quanto a vingança de um filhote contra a cólera de Kaa; e todo o tempo a mão direita de Mowgli permaneceu crispada no cabo da faca, enquanto seus pés se trançavam em torno do galho. O reforçado chefe dhole já tinha dado muitos botes sem que Mowgli ousasse arriscar um golpe em falso. Por fim, enfurecido por novo insulto em grau que sobre-excedia suas próprias forças, o dhole pulou a uns dois metros de altura. A mão de Mowgli não vacilou. Lançou-se, qual cabeça de serpente arbórea, e agarrou-o pela pelanca do pescoço. O galho vergou com o choque a ponto de quase virem os dois ao chão. Mowgli não perdeu a presa, porém, e, polegada a polegada, içou o bruto, pendurado pela garganta, até em cima do galho. Com a mão esquerda alcançou a faca e cortou-lhe a peluda cauda vermelha, deixando-o cair por terra em seguida. Era tudo quanto necessitava. O bando não mais se moveria dali para seguir o rastro de Won-tolla antes que Mowgli o destruísse todo ou fosse por ele destruído. Mowgli viu-os disporem-se em círculos, com um tremor nas ancas significativo de que ali ficariam toda a vida. Então subiu vários galhos acima, ajeitou-se comodamente numa forquilha e dormiu.

Três ou quatro horas depois acordou e contou os dholes. Lá estavam todos, calados, inflexíveis, com olhos de aço. O sol começava a descambar. Dentro de meia hora o povo miúdo da Roca das Abelhas terminaria o seu trabalho do dia. Também chegava a hora que os dholes preferem para lutar.

— Eu não precisava de tantos guardas fiéis — disse Mowgli polidamente, pondo-se em pé no seu galho —, mas guardarei lembrança da gentileza. Vocês são verdadeiros dholes, mas muito iguais uns aos outros. Por esse motivo, para que variem um pouco, não restituo a cauda do seu chefe comedor de lagartos. Está satisfeito, cão ruivo?

— Com os meus dentes hei de arrancar o seu estômago! — urrou o chefe, lanhando furioso a casca da árvore.

— Ora, ilustre rato do Decã, daqui por diante vão aparecer muitas ninhadas de cãezinhos ruivos com toquinhos de cauda em carne viva, que arderão muito quando a areia estiver quente. Volte para sua terra, cão ruivo, e conte que um macaco lhe fez isso. Ah, não vai? Então siga-me, que vou ensiná-lo a ser sabido.

Mowgli passou, à moda dos bandar-log, para a árvore próxima e dessa para a seguinte, indefinidamente, sempre seguido pelo bando de famintas cabeças alçadas. De vez em quando fingia cair e o bando se atropelava na ânsia de agarrá-lo. Era um espetáculo digno de ser visto: o rapaz com a faca rebrilhando ao sol moribundo e o silencioso bando de pelagem ruiva flamejante, amontoando-se e seguindo-o.

Quando Mowgli alcançou a última árvore da floresta, apanhou o feixe de alho selvagem e esfregou-o no corpo inteiro. Os dholes rosnaram com desprezo.

— Macaco pelado com língua de lobo, é assim que você quer esconder a sua catinga? Inútil. Nós o seguiremos até a morte.

— Toma o teu rabo — gritou Mowgli, lançando-o no meio dos dholes; e, enquanto o bando inteiro, instintivamente, se atirava ao apêndice restituído, o rapaz gritou: — E agora, cães, sigam-me até a morte...

Disse e escorregou árvore abaixo, lançando-se numa corrida doida, como um vento, de pés descalços, em direção à Roca das Abelhas, antes que os dholes compreendessem o que estava fazendo.

Um uivo uníssono soou, e todo o bando atirou-se numa corrida furiosa, de vencer a tudo quanto corre. Mowgli sabia que era muito menos rápido que os dholes e jamais teria arriscado com eles uma corrida de dois quilômetros em campo aberto. Os dholes estavam certos de que o rapaz lhes cairia nos dentes no fim, como certo estava Mowgli de que até o fim conduziria o jogo como o planejara. Todo o seu empenho estava em conservar os dholes suficientemente excitados atrás de si, evitando desse modo que subitamente mudassem de rumo. Mowgli corria vivamente em linha reta, com o dhole sem cauda a menos de cinco metros do seu calcanhar; os demais o seguiam num espaço de 300 metros, cegos de cólera e sedentos de sangue. Mowgli media a distância com o ouvido, reservando suas últimas forças para o salto em direção à torrente, por cima da Roca das Abelhas.

O povo miúdo recolhera-se no começo do crepúsculo. Porque não era estação de flores vespertina; mas quando Mowgli alcançou o trecho esburacado de pedra podre, ouviu um som uniforme, como se toda a terra estivesse zumbindo. Então correu, como ainda não havia corrido em toda a sua existência, e fez com que desmoronassem uma, duas, três das pilhas de pedras amontoadas nas ravinas; ouviu um reboo semelhante ao rugido do mar penetrando numa caverna, vislumbrou com o rabo dos olhos o ar escurecendo de abelhas atrás de si e viu a torrente do Waingunga lá embaixo, com uma cabeça chata à sua espera. Saltou, então, com o dhole sem cauda já a tocá-lo nos ombros e caiu de pés juntos na água, sem fôlego, mas triunfante. Não o picou uma só abelha, porque o cheiro do alho selvagem afastara dele o povo miúdo durante os segundos em que atravessou a nuvem que formavam. Quando Mowgli emergiu do mergulho que dera, os anéis de Kaa estavam enleados nele, e bolos vivos rolavam do alto das rochas; bolos de abelhas, que antes de atingir a água se soltavam, revoando para cima, deixando que o corpo de um dhole viesse mergulhar na torrente. No alto, um coro furioso de ladridos curtos abafado pelo zumbir imenso das milhões de asas do povo miúdo. Alguns dholes tinham caído nas ravinas comunicantes com as cavernas subterrâneas e debatiam-se asfixiados no meio das colmeias atingidas. Por fim, moribundos, com espessas nuvens de abelhas impelindo-os, rolavam pelas fendas exteriores para o rio, indo encalhar na prainha dos detritos. Outros haviam saltado sobre os tufos de vegetação das barrocas, onde as abelhas logo os revestiam de uma fervilhante camisa de fogo; a maioria, porém, enlouquecida pelas ferroadas, precipitara-se para o rio, e o Waingunga, como Kaa observara, era uma água faminta.

Kaa susteve Mowgli nas suas roscas até que o fôlego lhe voltasse.

— Não podemos ficar aqui — disse ele logo que readquiriu a voz. — O povo miúdo está em pé de guerra. Vamos embora!

Nadando silenciosamente e mergulhando por mais tempo que podia, Mowgli desceu a torrente, de faca em punho.

— Devagar, devagar! — recomendou Kaa. — Um dente não mata um cento, a não ser que seja dente de cobra. Muitos dholes alcançaram a água antes que as abelhas os atingissem.

— Melhor para minha faca, então. Nossa! Como

o povo miúdo está alerta! — exclamou Mowgli, antes de novo mergulho. O ar sobre a superfície das águas escurecera de abelhas selvagens, que zumbiam raivosas e ferroavam o que quer que encontrassem.

Cerca de metade dos dholes tinha percebido a armadilha em que os seus companheiros caíram; esses voltaram-se rápido e abrigaram-se no ponto onde as águas do rio, vencida a garganta, banhavam os bancos de areia. Seus gritos de cólera e ameaças contra o macaco pelado que os ludibriara misturavam-se com os uivos de dor dos moribundos. Ficar nos bancos de areia significava a morte; cada dhole sabia disso. Em consequência, o bando derivou rio abaixo, para os fundos remoinhos do Poço da Paz, mas ainda assim as coléricas abelhas seguiram-nos, forçando-os a permanecerem na água. Mowgli pôde ouvir a voz do chefe sem rabo animando seu povo com a perspectiva da matança de todos os lobos de Seoni. Porém não perdeu tempo em ouvir.

— Alguém nos mata por baixo! — gritou um dhole. — A água está tinta de sangue.

Mowgli tinha mergulhado, qual lontra, e puxado um dhole para debaixo da água, antes que ele pudesse abrir a boca, e logo círculos de sangue tingiram a correnteza, enquanto o cadáver do animal vinha à tona, boiando sobre um dos lados. Os dholes tentaram voltar, mas a corrente os impediu e o povo miúdo os aferroava nas orelhas e no focinho. Enquanto isso, soava ao longe o uivo de desafio da alcateia de Seoni, cada vez mais profundo, vindo de dentro da escuridão. Outra vez Mowgli mergulhou e um novo dhole desapareceu para logo em seguida emergir morto. Um clamor ergueu-se no bando; uns achavam melhor saírem da água; outros pediam ao chefe que os levasse de novo ao Decã; outros intimavam Mowgli a que se mostrasse.

— Eles vêm para a luta com dois estômagos e várias vozes — disse Kaa. — O resto é com os seus irmãos lobos, lá embaixo. O povo miúdo vai se recolher. Trouxe-nos para bem longe. Também vou recolher-me agora, porque não sou amiga de lobos. Boa caçada, irmãozinho, e não se esqueça de que os dholes mordem fundo.

Um lobo surgiu no banco de areia, mancando sobre três patas, cabeça rente ao solo, dorso arqueado, a gingar como se estivesse brincando com os filhotes. Era Won-tolla, o Arredio, que não pronunciou palavra, mas continuou seu terrível esporte frente aos dholes, que haviam estado muito tempo na água, de modo que nadavam com desalento, tolhidos de frio, arrastando as caudas como esponjas, tão desfeitos que guardaram silêncio diante do par de fulgurantes olhos que os mirava do lado oposto.

— Isto não é boa caçada — murmurou um deles, ofegante.

— É boa caçada, sim! — gritou Mowgli, emergindo de súbito e cravando-lhe a faca no peito, num movimento rapidíssimo, para evitar o bote da vítima.

— Você está aí, filhote de homem? — perguntou Won-tolla do outro lado.

— Pergunte aos mortos, Arredio! — respondeu o rapaz. — Nenhum desceu a correnteza? Enchi de lama a boca desses cães. Logrei-os em dia claro, e seu chefe está sem cauda. Mas restaram alguns para você. Para onde quer que eu os conduza?

— Vou esperá-los aqui — respondeu Won-tolla. — Tenho a noite toda pela frente.

Cada vez mais perto se fazia ouvir o grito de guerra dos lobos de Seoni. Mais uma curva do rio vencida e os dholes atingiriam o raso, como Mowgli queria.

Só então compreenderam o erro cometido. Podiam ter saído da água um quilômetro acima e atacado os lobos em terreno seco. Era tarde agora. A praia estava alinhada de olhos chamejantes e, exceto o horrível *pheeal* que não cessara de soar desde a caída da noite, nenhum outro som quebrava o misterioso silêncio do jângal.

— Para a terra! — gritou o chefe dos dholes. O bando inteiro embicou para a praia, e as águas do Waingunga branquejaram de espuma, abrindo-se em ondas lado a lado, como se um grande bote tivesse irrompido. Mowgli lançou-se para a frente e esfaqueou e cortou quantos pôde.

A grande luta começou, então, ao longo das areias úmidas, sobre e entre as emaranhadas raízes das árvores, ao redor e em cima de arbustos e gramíneas. Os dholes agora estavam em vantagem do dois para um. Mas tinham pela frente lobos que lutavam pela integridade da alcateia e não simplesmente como caçadores habituais. Tinham pela frente as lahinis, lobas de olhar ansioso, que se batiam pela prole, aqui e ali seguidas de filhotes de um ano, que não as largavam. Um lobo atira-se à garganta ou ferra os dentes nos flancos do inimigo, ao passo que um dhole morde de preferência na barriga. Assim, quando os dholes estavam lutando fora da água e tinham de erguer a cabeça, o azar era dos lobos. Na terra seca os lobos sofriam, mas na água ou na praia a faca de Mowgli trabalhava sem cessar. Seus quatro companheiros batalhavam ao seu lado. O irmão Cinzento, agachado entre os joelhos de Mowgli, protegia-lhe o estômago, enquanto os outros guardavam-lhe as costas e os flancos, ou trepavam sobre ele quando o salto de um dhole esfaqueado o fazia vir ao chão com o choque. Reinava, quanto ao resto, terrível confusão: massa cega que oscilava da direita para a esquerda e da esquerda para a direita ao longo do banco de areia, girando lentamente em torno de si. Aqui, um monte, como bolha em redemoinho, estourando e lançando para cima quatro ou cinco dholes, que se esforçavam para voltar ao centro; ali, um lobo, dominado por dois ou três dholes, custosamente os arrastava para diante, caindo vez por outra; lá, um lobinho de um ano, suspenso no ar pela pressão ao redor dele, já morto, enquanto sua mãe, louca de fúria, redobrava a violência das suas maxilas; e talvez, no meio da turba, um lobo e um dhole, esquecendo tudo o mais, tentassem apenas salvar a própria pele, até rodopiarem para fora da massa, sob o ímpeto dos furiosos combatentes.

Em certo momento, Mowgli viu Akela com um dhole de cada lado e mais um terceiro preso no lombo por sua boca desdentada. Também viu Fao com os dentes cerrados na garganta de um inimigo, a quem arrastava para onde os mais novos o pudessem liquidar. Notou que o grosso da luta era fúria cega entre nuvens de poeira na escuridão — golpes, rasteiras e tombos, ganidos, gemidos e dentadas e mais dentadas. À medida que a noite avançava, a fúria do combate recrudescia. Os dholes já receavam atacar lobos tão fortes, mas ainda assim não ousavam retirar-se. Mowgli percebeu que o termo da refrega estava próximo e limitava-se a pôr inimigos fora de ação. Os lobinhos de um ano cresciam em intrepidez; já Mowgli ousava de quando em vez tomar fôlego e dirigir a palavra a um inimigo. O simples reluzir de sua faca fazia um dhole recuar.

— A carne está muito perto do osso — uivou o irmão Cinzento, ferido em vários pontos do corpo.

— Mas os ossos também têm de ser quebrados — replicou Mowgli. — Viva! Assim trabalhamos no jângal! — e sua faca vermelha se lançou, qual língua de fogo, sobre o flanco de um dhole cujos quartos estavam imobilizados pelo peso de um lobo.

— A caça é minha! — rosnou esse lobo. — Deixe-a comigo.

— Ainda está vazio o seu estômago, Won-tolla? — perguntou o rapaz numa risada.

O lobo manco mostrava-se horrivelmente ferido; mesmo assim sua força havia paralisado um dhole, que não conseguia voltar-se para mordê-lo.

— Pelo touro que me comprou! O sem-rabo! — exclamou Mowgli, surpreso, vendo que realmente era aquele o dhole de que ele cortara o rabo, chefe do bando. — Não é sensato matar filhotes e lahinis — observou-lhe o rapaz filosoficamente, limpando o sangue dos olhos —, a não ser que você mate também o Arredio, e é diante de mim que Won-tolla dará cabo de você!

Outro dhole saltou em auxílio do chefe, mas, antes que seus dentes alcançassem o flanco de Won-tolla, a faca de Mowgli já lhe lacerara a garganta. O irmão Cinzento completou a obra.

— Assim trabalhamos no jângal! — repetia Mowgli, trepidante.

Won-tolla nada disse; apenas suas maxilas se apertaram mais na espinha do inimigo. O dhole sem rabo estremeceu, pendeu a cabeça, imobilizou-se. Won-tolla o largou, então.

— Ufa! A dívida de sangue está paga — exclamou Mowgli. — Cante o canto da dívida de sangue, Won-tolla!

— Esse não caçará mais — disse o irmão Cinzento. — Também Akela não caçará mais...

— Os ossos estão quebrados! — trovejou Fao, filho de Faona. — Fogem! Os dholes fogem! Matem, matem, caçadores do povo livre!

Uns após outros retiravam-se os dholes das sangrentas areias do banco, rumo ao jângal, rio acima, rio abaixo, por onde pudessem.

— A dívida! A dívida! — gritou Mowgli. — Que seja paga a dívida! Eles mataram Akela, o Lobo Solitário! Que não fique um cão impune!

Disse e correu de faca em punho para o rio, a fim de impedir que o inimigo ganhasse a água. De passagem viu erguer-se de uma pilha de mortos a cabeça de Akela. Mowgli atirou-se a ele.

— Não lhe disse eu que esta luta seria a minha

última? — murmurou com voz moribunda o Lobo Solitário. — E você, irmãozinho?

— Matei inúmeros, mas estou vivo.

— Pois eu morro e queria... queria morrer perto de você, irmãozinho.

Mowgli ajeitou sobre seus joelhos aquela cabeça querida e duramente castigada e passou os braços em torno do pescoço do seu amigo.

— Longe vão os velhos dias de Shere Khan e do filhote de homem, que me apareceu nuzinho na caverna...

— Não! Não! Sou lobo. Sou do mesmo sangue do povo livre — gritou Mowgli. — Jamais por vontade minha serei homem.

— Você é um homem, irmãozinho, e lobo apenas de criação. Você é um homem, do contrário a alcateia teria fugido diante dos dholes. Já devi minha vida a você, e hoje salvou a alcateia, como em outro tempo eu o salvei. Todas as dívidas estão pagas. Volte para o seu povo. Digo outra vez, olho do meu olho, que esta caçada chegou ao fim. Volte para o seu povo, para os homens.

— Nunca! Eu caçarei sozinho no jângal. Já disse.

— Depois do verão vêm as chuvas e depois das chuvas vem a primavera. Volte antes que o expulsem.

— Quem me expulsará?

— Mowgli expulsará Mowgli. Volte para seu povo. Volte para os homens.

— Quando Mowgli expulsar Mowgli, então voltarei.

— Nada mais tenho a dizer — concluiu Akela. — Irmãozinho, ponha-me de pé, sim? Também fui chefe do povo livre...

Muito cuidadosamente, Mowgli ergueu Akela envolvendo-o com os braços. O Lobo Solitário tomou, então, longo fôlego e entoou o canto da morte, que quem já foi chefe deve cantar quando está morrendo. Sua voz ganhou força, atravessou o rio. Ao soar o último "boa caçada!", Akela desprendeu-se de Mowgli, estremeceu e caiu morto.

Mowgli sentou-se, a cabeça mergulhada nos joelhos, alheio a tudo, enquanto o remanescente dos dholes em retirada sofria a atroz perseguição das impiedosas lahinis. Pouco a pouco os gritos foram morrendo e os vitoriosos começaram a voltar, manquejantes, exaustos, sangrando. Vinham fazer o balanço das perdas. Quinze machos e seis fêmeas jaziam mortos no banco de areia. Quanto aos outros, nenhum ficaria incólume. Mowgli continuou imerso na sua dor até que o focinho úmido de Fao lhe viesse tocar na mão. Ergueu, então, a cabeça e apontou para o corpo de Akela.

— Boa caçada! — rosnou Fao, e, embora o corpo

de Akela ainda mostrasse estremeções de vida, gritou por cima dos ombros feridos: — Uivai, cães! Um grande lobo morreu esta noite!

Mas dos 200 cães vermelhos, cuja senha era que todos os jângales eram o seu jângal e que nenhuma criatura viva jamais se interpunha à sua passagem, nem um só voltou ao Decã para contar a história.

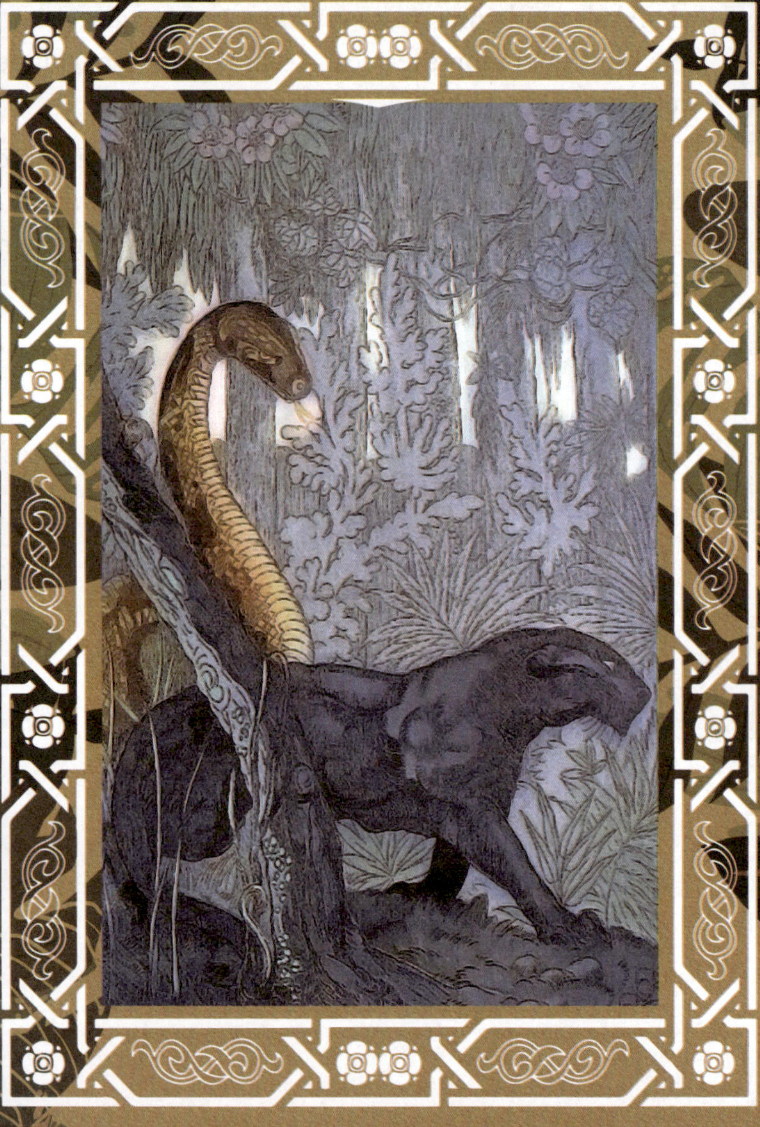

CAPÍTULO VIII

A EMBRIAGUEZ DA PRIMAVERA

Dois anos depois da morte de Akela, na grande luta com os dholes do Decã, Mowgli completou 17 anos. Parecia mais velho, porque o intenso exercício, a forte alimentação e os banhos frequentes lhe haviam dado força e desenvolvimento muito acima da idade. Mowgli podia manter-se pendurado em um galho por uma só das mãos durante meia hora; podia deter um gamo a meio galope ou derrubá-lo com uma torcida de cabeça; podia ainda cavalgar os enormes javardos cinzentos que vivem nos pantanais do norte. O povo do jângal, que já o temia por sua astúcia, passou a temê-lo pela força e, quando Mowgli passeava pela mata, sua mera aproximação tornava desertos os atalhos. Não obstante, tinha o olhar sempre bondoso. Ainda quando lutava, seus olhos não ardiam em chamas, como os de Bagheera; apenas mostravam-se mais interessados e excitados, coisa que a pantera não podia compreender. Certa vez interpelou-o sobre isso. O rapaz respondeu sorrindo:

— Quando erro um golpe, enfureço-me. Quando passo dois dias sem comer, sinto cólera terrível. Nada dizem meus olhos?

— A boca mostra-se colérica — respondeu Bagheera —, mas não os olhos. Caçando, comendo ou nadando, jamais seus olhos mudam, como pedra à chuva e ao sol.

Mowgli fixou na pantera os olhos escurecidos pelas sobrancelhas fortes e, como sempre, a cabeça de Bagheera baixou. Mowgli dominava-a.

Estavam os dois deitados, na encosta de um morro frente ao Waingunga. A neblina da manhã esfumava a paisagem verde. Quando o sol se ergueu, a névoa transformou-se em fantástico oceano de ouro transfeito em espuma solta no ar, e raios de luz listravam a relva ressequida onde Mowgli e Bagheera repousavam. Era o fim do inverno; árvores e folhas cochilavam, cansadas e mortiças, e, onde quer que o vento perpassasse, ruídos de coisas secas se ouviam. Uma folhinha colhida pela corrente de ar farfalhava furiosa contra um galho seco. O rumor repetitivo atraiu a atenção de Bagheera, que aspirou profundamente o ar vivo da manhã e, jogando-se de costas, derrubou com um tapa a folhinha inquieta.

— Tudo começa a mudar — disse ela. — O jângal renasce. O tempo das falas novas vem chegando. Esta folhinha sabe disso.

— As ervas estão secas — observou Mowgli arrancando um tufo. — O próprio olho da primavera — pequena flor vermelha, em forma de trombeta, que nasce na relva —, o próprio olho da primavera está fechado. Mas, Bagheera, não fica bem para a Pantera Negra deitar-se assim de costas e dar tapas de gato em folhinhas no ar!

— Hum? — fez Bagheera, absorta, com o pensamento longe dali.

— Eu disse que não fica bem para a Pantera Negra bocejar assim e brincar deitada de costas. Lembre-se de que somos os senhores do jângal, você e eu.

— Realmente — respondeu a pantera, sentando-se, com os negros flancos arrepiados e sujos de terra (Bagheera estava mudando de pelo). — Somos, sim, os senhores do jângal! Quem é mais forte do que Mowgli? Quem é mais astuto?

Uma curiosa inflexão na voz da pantera fez o rapaz voltar-se bruscamente para ver se ela estava zombando dele, porque o jângal anda sempre cheio de palavras que soam uma coisa e dizem outra. A pantera explicou-se.

— Eu afirmei que somos os senhores do jângal. Estarei errada? — e notando o alheamento de Mowgli acrescentou: — Não sabia que tão cedo o filhote de homem tiraria os pés do chão. Será que já está voando?

Sentado, os cotovelos nos joelhos, Mowgli contemplava com deleite o vale semidesperto. Um pássaro lá embaixo trinava as primeiras notas, ainda incertas, do canto que iria entoar na primavera. Embora esse canto ainda fosse uma sombra do que ia ser, a pantera reconheceu-o.

— Eu não disse que o tempo das falas novas está próximo? — relembrou ela, com um meneio de cauda.

— Já sei. Mas por que, Bagheera, você está toda trêmula? O sol já está quente.

— É Ferao, o pica-pau escarlate — respondeu Bagheera, sem responder à pergunta. — Ele não esqueceu. Ora, eu também preciso recordar meu canto — e pôs-se a ronronar para si própria e a trautear, sempre recomeçando, cada vez mais insatisfeita.

— Não há nenhuma caçada para hoje — observou Mowgli.

— Irmãozinho, os seus dois ouvidos estão tapados? Isto que canto não é palavra de caça, mas canto que quero ter pronto para a primavera.

— Tinha-me esquecido. Reconheço muito bem a chegada do tempo das falas novas, estação em que você e os outros correrão para longe, deixando-me sozinho — respondeu Mowgli, queixoso.

— Espere, irmãozinho, nós nem sempre...

— Sim, sempre! — gritou Mowgli, espichando o dedo, colérico. — Vocês debandam e eu, o senhor do jângal, tenho de viver sozinho. O que aconteceu na primavera passada, quando eu quis colher cana-de-açúcar das roças da alcateia dos homens? Mandei um mensageiro, enviei-o até você, Bagheera, para pedir a Hathi que viesse nessa noite para me arrancar as canas com a tromba.

— E ele veio duas noites mais tarde — observou a pantera um pouco vexada — e dessa planta doce que tanto agrada você, arrancou muito mais do que pode chupar um filhote de homem durante todas as noites da estação chuvosa. A culpa da demora não foi minha.

— Ele não veio na noite que marquei. Ficou trombeteando e correndo pelos vales, ao clarão da lua. Seu rastro era como o de três elefantes; portanto, ele não estava escondido entre as árvores. Ficou dançando diante das casas da aldeia. Eu o vi e, no entanto, Hathi não atendeu ao meu chamado. E sou o senhor do jângal!

— Era o tempo das falas novas — explicou a pantera sempre humilde. — Quem sabe, irmãozinho, você se esqueceu de chamá-lo com a palavra-senha certa? Bah! Deixe disso. Ouça o ensaio de canto de Ferao e alegre-se.

O mau humor de Mowgli evaporou-se. Mesmo assim, permaneceu de cabeça apoiada nas mãos e olhos cerrados.

— Não sei e nem me importo em saber — murmurou por fim, sonolento. — Vamos dormir, Bagheera; sinto o estômago pesado. Venha servir de travesseiro para a minha cabeça.

A pantera deitou-se com um suspiro, porque continuava ouvindo a voz de Ferao ensaiando o seu canto para o tempo das falas novas, como dizem da primavera.

No jângal indiano as estações se sucedem sem transição. Parecem duas apenas: a da seca e a das águas; mas, se observarem com atenção os aguaceiros ou as nuvens de pó, verão que as quatro se sucedem de modo regular. Nenhuma tão maravilhosa como a primavera, porque não vem revestir a natureza queimada e nua de novas flores e folhas, e sim dar alento ao verde que sobreviveu aos rigores do inverno, fazendo com que a terra cansada e murcha se sinta moça outra vez. E tão bem realiza isto que primavera nenhuma no mundo se compara à indiana.

Um dia chega em que todas as coisas se mostram cansadas; até os odores boiando no ar parecem velhos e gastos. Isso não pode ser explicado, mas é sentido. Outro dia, e sem que os olhos percebam a mudança, os aromas parecem novos e a pelagem do povo do jângal vibra em suas raízes, o pelo incubado durante o inverno surge macio. Se uma pequena chuva cai, todos os arbustos, e árvores, e bambus, e musgos, e plantas de folhas carnudas despertam com um rumor de crescimento que quase pode ser ouvido, e esse rumor acontece, dia e noite, como uma zoada contínua. É o som, a voz da primavera, vibração especial que não é de abelha, nem de cascata, nem de brisa nas frondes, mas sim felino ronronar da natureza bem aconchegada.

Até aquele ano Mowgli sempre se deleitara com o retorno das estações. Era ele quem, antes de todos, descobria o primeiro olho da primavera aberto no fundo dos ervaçais e quem descobria as primeiras nuvens da estação — nuvens incomparáveis do jângal. Sua voz era ouvida em toda a sorte de lugares úmidos e ricos de pétalas, fazendo coro com as enormes rãs ou imitando com mofa o pio das corujas nas noites claras. Como para todos os demais, a primavera constituía para ele o tempo próprio para a expansão máxima da atividade: correr, pelo mero prazer de correr, correr no ar morno 40, 50 quilômetros, do anoitecer ao amanhecer, e voltar ofegante, rindo e engrinaldado de flores raras. Seus quatro companheiros lobos não o seguiam nessas selvagens incursões pelo jângal; preferiam ficar uivando cantos com os outros lobos. O povo do jângal está constantemente ocupado na primavera; Mowgli via-os sempre rosnando, uivando, gritando, piando, silvando, conforme a espécie de cada um. Suas vozes mostram-se diferentes e por isso a primavera no jângal é chamada o tempo das falas novas.

Mas naquela estação o humor de Mowgli estava mudado, como a pantera percebera. Desde que os brotos de bambu começaram a pintalgar-se de sépia, ele pôs-se a esperar pela manhã em que os cheiros mudam. Quando esta manhã chegou, e Mor, o Pavão, todo bronze, azul e ouro, principiou a grasnar na mata úmida, Mowgli abriu a boca para lhe responder, e as palavras embaraçaram-se nos seus dentes; uma sensação de pura infelicidade o invadiu da cabeça aos pés, sensação de tal modo forte que o rapaz julgou ter pisado em um espinho. Mor cantava os aromas novos; outros pássaros retomaram o mote e, das rochas beirantes ao Waingunga, veio o áspero ronco de Bagheera, mistura de relincho de cavalo e grito de águia. Na galhada acima de sua cabeça, toda coberta de brotos e botões, chiou um rebuliço de barulhentos bandar-log. No entanto, Mowgli ficou onde estava, com o peito ainda cheio do fôlego que tomara para responder ao canto de Mor, fôlego que logo se perdeu como se o ar fosse expulso por aquele estranho sentimento de infelicidade.

Olhou ao redor de si: só viu os zombeteiros bandar-log aos pulos nos galhos e lá adiante Mor, no pleno esplendor de sua cauda aberta inteira.

— Os cheiros mudaram! — gritou Mor. — Boa caçada, irmãozinho! Por que demora a sua resposta?

— Irmãozinho, boa caçada! — piaram Chil, o Abutre, e a companheira, e em voo rapidíssimo desceram para roçar com as penas a face do rapaz.

Leve chuva de primavera, chamada chuva de elefante, caiu sobre o jângal numa área de um quilômetro, deixando as folhas reluzindo e indo morrer, em brando trovejar, num duplo arco-íris. A zoada da primavera esmoreceu por instantes e, no silêncio feito, Mowgli viu que, com exceção dele, todo o jângal estava tagarelando.

— Comi bem — disse o rapaz para si próprio —, bebi bem, minha garganta não arde ou aperta como quando mastiguei as raízes manchadas de azul que Oo, a Tartaruga, me afirmou serem comestíveis. Mas tenho o estômago pesado e tratei Bagheera mal e todos os outros. Ora me sinto quente, ora frio; ora nem quente nem frio, mas apenas furioso contra não sei o quê. Ha-ha! É tempo de dar minha carreira. Esta noite cruzarei as montanhas; sim, darei uma corrida de primavera até os pantanais do norte, ida e volta. Faz muito tempo que caço sem esforço, isso está me enervando. Os quatro irão comigo, porque também estão engordando como lagartas brancas.

Mowgli chamou-os. Nenhum respondeu. Estavam fora do alcance da sua voz, uivando os cantos da primavera — o canto da lua e do sambur — com os demais lobos da alcateia; nessa estação o povo do jângal faz muito pouca diferença entre o dia e a noite. Mowgli desferiu a aguda nota do ladrido de chamada, mas teve como resposta única o miado irônico do gato malhado das árvores, que marinhava pelos galhos à procura de ninhos. O rapaz enfureceu-se a ponto de quase sacar a faca. Depois empertigou-se, insolente, embora não houvesse ninguém para observá-lo, e desceu o morro de queixo para cima e sobrancelhas para baixo. Ninguém lhe dirigiu a palavra, pois estavam todos ocupados consigo próprios.

— Sim... — rosnou Mowgli, embora soubesse lá por dentro que não tinha razão. — Os dholes que desceram do Decã, a flor vermelha que venha dançar nos bambuais, e todo o jângal correrá para Mowgli aos uivos, chamando-o por nomes do tamanho de Hathi! Agora, porém, só porque o olho da primavera abriu e Mor exibe suas penas em danças da estação, o jângal mostra-se louco como Tabaqui... Pelo touro que me comprou, sou ou não sou o senhor do jângal? Quietos! Que fazem aí?

Dois lobos novos corriam por um atalho à procura de uma clareira onde pudessem lutar (a lei do jângal proíbe lutas à vista dos outros). Tinham as cerdas da nuca arrepiadas como agulhas e latiam, furiosos, na ânsia do primeiro combate. Mowgli saltou-lhes à frente e, agarrando-os pela garganta, jogou cada qual para um lado, certo de que os lobinhos se afastariam sem briga, como tantas vezes acontecera. Mowgli esquecia-se da primavera. Os lobinhos encontraram-se de novo logo adiante e sem perda de tempo se engalfinharam.

De faca em punho e dentes à mostra, Mowgli ia matá-los a ambos naquele momento, pela simples razão de que lutavam e ele os queria quietos, embora seja da lei que todos os lobos têm o direito de lutar. Mowgli dançou na frente deles, de ombros arcados e mão crispada no cabo da faca, pronto para desferir um golpe duplo. Súbito, o ímpeto da cólera arrefeceu. Sua força esvaiu-se. Baixou a faca; meteu-a na bainha.

— Com certeza comi veneno — soluçou por fim. — Desde o tempo em que, armado da flor vermelha, acabei com o Conselho, desde que matei Shere Khan, nenhum lobo da alcateia jamais me desobedeceu, e estes nascidos ontem desobedeceram! Minha força fugiu de mim; parece que vou morrer. Oh, Mowgli, por que não matou os dois?

A luta dos lobinhos continuou até que um fugiu. Mowgli ficou sozinho na arena revolta e manchada de sangue, olhando para a faca, para seus braços e pernas, enquanto o sentimento de infelicidade, que ele jamais sentira, o envolvia por inteiro, como a água envolve um tronco imerso.

Mowgli caçara cedo naquela tarde, mas comera pouco, a fim de estar em boas condições para a corrida. Também comeu só, porque todo o povo do jângal andava disperso em lugares distantes, lutando e cantando.

Corria uma perfeita noite branca, como dizem lá. Todas as coisas verdes pareciam crescer um mês em horas. Frondes na véspera amarelecidas agora espirravam seiva, se alguém lhes partia um galho. Os musgos encrespavam-se espessos e macios sob seus pés; os capins ainda não tinham bordas cortantes; todas as vozes do jângal ressoavam como harpa de cordas graves, tocada pela lua — a lua das falas novas —, que derramava em cheio seus raios nas pedras e aguadas, raios que se esgueiravam por entre troncos e cipós, que se fragmentavam em partículas por entre milhões de folhas. Esquecido de sua infelicidade, Mowgli cantou alto, com puro deleite, ao pôr-se em marcha. Mais voava do que corria, pois escolhera como rumo o declive, que, através do coração do jângal, conduzia direto aos pantanais do norte. O chão fofo lhe amortecia o choque dos pés. Um homem criado entre homens teria tropeçado e caído cem vezes, vítima das traições do luar; os músculos de Mowgli, porém, treinados por anos de experiência, levavam-no como se fosse pluma. Quando um tronco podre ou pedra oculta revirava ao contato de seus pés, ele saltava adiante, sem perda do ímpeto da corrida e sem esforço, por instinto ou hábito. Quando se aborrecia de caminhar pelo solo, marinhava por cipós árvores acima, e então parecia flutuar pelas estradas aéreas. Súbito, mudava de ideia e de um salto vinha de novo ao chão. Havia túneis silenciosos e de bafo quente, calçados de pedras úmidas, onde mal se respirava pelo forte aroma de flores noturnas; havia avenidas escuras, onde o luar, filtrado pela ramagem, imprimia manchas tão regulares quanto mármores quadriculados de uma nave de igreja; havia arbustos, cujos brotos úmidos o envolviam e como que o abraçavam pela cintura; havia montículos coroados de pedras, onde ele ia saltando, para grande susto das raposas aninhadas entre elas.

Mowgli poderia ouvir ao longe o ruído surdo e regular de um javardo afiando as presas num tronco e, indo naquela direção, veria o alentado bruto de boca espumejante e olhos em fogo. Ou poderia correr para o lugar de onde vinha o som de corpos entrechocados e de grunhidos sibilantes, para ver de perto dois sambires, que, de cabeça baixa, se marravam. Ou esgueirar-se para espiar na aguada Jacala, o Crocodilo, que mugia como um touro. Ou desatar rapidíssimo o nó de serpentes engalfinhadas, sumindo-se no jângal antes que pudessem picá-lo.

Assim ele correu aquela noite, às vezes gritando, às vezes cantando, correu até que o cheiro das flores o avisou de que estava próximo dos pantanais e longe, muito longe do seu jângal.

Lá também um homem criado entre homens ter-se-ia atolado de ponta-cabeça aos primeiros passos; os pés de Mowgli, entretanto, tinham olhos e passavam de um tufo de capim para outro, pisando com firmeza em pedaços de galhos, sem pedir ajuda aos olhos da cara. Correu assim até o centro do pantanal, com esparramo das marrecas, e sentou-se num ressalto coberto de musgo emergente da água negra. À sua volta tudo estava alerta, porque na primavera o povo alado dorme pouco, e bandos de asas vão e vêm dentro da noite. Nenhuma só das aves, porém, deu tento de Mowgli, nenhuma o viu sentado entre as plantas aquáticas, a trautear cantigas sem palavras, enquanto examinava os pés à cata de algum espinho. Toda a sua infelicidade de horas antes como que ficara atrás, no jângal. Súbito, quando iniciou um canto de garganta cheia, a infelicidade veio de novo, dez vezes pior do que antes.

Desta vez Mowgli apavorou-se e gemeu alto:

— Aqui também! Veio atrás, acompanhou-me! — disse e, espiando sobre os ombros se alguém o seguia, exclamou: — Não há ninguém aqui!

Os ruídos noturnos do pântano continuaram sem que qualquer ave ou outro animal lhe dirigisse a palavra. O seu sentimento de infelicidade cresceu.

— Comi veneno, sem dúvida... — murmurou com voz quebrada de pânico. — Despercebidamente comi veneno e a minha força vai se extinguindo. Tive medo e não era eu quem tinha medo! Eu, Mowgli, tive medo, senti medo quando os dois lobinhos lutavam. Akela, ou mesmo Fao, os teria feito obedecer e, no entanto, eu, Mowgli, tive medo e não fui obedecido! Sinal seguro de que comi veneno... Mas o que fazem eles no jângal? Cantam, uivam, lutam e correm em bandos ao luar, e eu, ai de mim!, morro neste pântano do veneno que comi...

Tão mortificado estava que por pouco não chorou.

— E depois — prosseguiu — eles me encontrarão estendido na água negra... Não! Não! Voltarei ao meu jângal para morrer na Roca do Conselho, e Bagheera, que tanto amo, se não andar por longe miando nos vales, talvez guarde meu corpo para que Chil não o use como usou o de Akela.

Lágrimas grossas e quentes rolaram sobre seus joelhos e, miserável como se sentia, Mowgli viu alguma felicidade nesse sentimento, se é que se pode entender esse tipo estranho de felicidade.

— Como Chil usou Akela na noite em que salvei o bando das garras dos dholes! — repetiu. Depois calou-se por alguns instantes, recordando as últimas palavras do Lobo Solitário. — Akela disse-me antes de morrer coisas bem estranhas. Disse que... Não! Não! Não sou homem, não! Sou do jângal!

Na sua excitação, ao recordar a luta dos bancos de areia do Waingunga, escaparam da boca de Mowgli esse protesto e essa afirmativa em voz alta. Uma búfala, longe, no ervaçal viçoso, ergueu-se nos joelhos e mugiu:

— Homem!

— Ora! — exclamou Mysa, o Búfalo Selvagem, despegando-se com estrondo do seu lameiro. — Não é homem, não, e sim o lobo pelado da alcateia de Seoni. Em noites como esta, costuma errar pelo jângal.

— Ah! — respondeu a búfala baixando de novo a cabeça para o capim. — Julguei que fosse homem.

— Não é. Mowgli, você está em perigo? — mugiu Mysa, dirigindo-se ao rapaz.

— Mowgli, você está em perigo? — repetiu o rapaz com sarcasmo. — É tudo quanto Mysa pensa: perigo! Mas quem se importa com o Mowgli que anda de lá para cá no jângal à noite?

— Como ele está falando alto! — observou a búfala.

— É assim que choram os que arrancam o capim mas não sabem comê-lo — explicou Mysa com desprezo.

— Por menos do que isto — gemeu Mowgli para si próprio —, nas últimas chuvas expulsei Mysa do seu lameiro e o fiz cruzar os pântanos em fuga louca.

Sua mão espichou-se para colher uma folha qualquer, parando a meio caminho. Mowgli suspirou. Mysa continuava mascando seus capins em companhia da búfala.

— Não, não morrerei aqui! — berrou Mowgli com ímpeto. — Mysa, que é do mesmo sangue de Jacala e do porco, me veria morrer. Vou safar-me do pântano e ver o que acontece. Jamais corri uma corrida da primavera assim, com o corpo quente e frio ao mesmo tempo. Upa, Mowgli!

Mowgli não resistiu à tentação de se esgueirar pelas moitas próximas de Mysa e cutucá-lo com a ponta da faca. O enorme animal despegou-se da lama com estrépito, enquanto o rapaz ria à vontade.

— Conte agora que o lobo pelado de Seoni uma vez já o espetou, Mysa!

— Lobo, você? — bufou o touro chapinhando no lamaçal. — Todo o jângal sabe que você foi pastor de gado manso. Você, do jângal? Que caçador do jângal teria se esgueirado até aqui, qual cobra, e por brincadeira, brincadeira de chacal, teria me vexado diante da companheira? Venha para terreno firme que eu... que eu...

Mysa espumejava de cólera, pois era talvez o animal de pior temperamento do jângal. Mowgli viu que estava a ponto de explodir, com aqueles olhos que nunca mudam. Quando pôde fazer-se ouvido, perguntou:

— Que antro de homens há aqui por perto, Mysa? Desconheço este jângal.

— Siga para o norte — bramou o colérico búfalo, que havia sido espetado profundamente. — Vá para lá e conte para os da aldeia da sua brincadeira de mau gosto no pantanal.

— A alcateia dos homens não gosta de histórias do jângal, e também não acredito, Mysa, que uma simples arranhadura em seu corpo seja matéria para reunião de Conselho. Mas irei ver a aldeia. Devagar! Devagar! Não é todas as noites que o senhor do jângal vem espetá-lo!

Mowgli caminhou pela beirada do pântano, sabendo que Mysa nunca o atacaria ali, e seguiu rindo da cólera do touro.

— Minha força não se foi de todo — disse consigo. — O veneno ainda não alcançou o osso. Lá está uma estrela bem baixa!

Mowgli olhou-a pelo canudo da mão.

— Pelo touro que me comprou! É a flor vermelha, a flor vermelha, que deixei atrás de mim quando me mudei para a alcateia de Seoni. Agora, que a vejo de novo, vou pôr fim à minha corrida.

O pântano dava para uma dilatada planície onde outras luzes piscavam. Fazia muito tempo que Mowgli se afastara dos homens, mas naquela noite a flor vermelha o atraiu.

— Irei ver se a alcateia dos homens mudou — disse ele.

Esquecido de que não estava no seu jângal, onde podia fazer o que quisesse, Mowgli correu descuidadamente pela relva úmida até alcançar a cabana de onde vinha a luz. Três ou quatro cães latiram. Estava nos subúrbios de uma aldeia.

— Ufa! — disse Mowgli, sentando-se sem rumor, após haver emitido um profundo uivo de lobo, que fez os cães calarem-se. — O que está para vir, virá. Mowgli, Mowgli, que você está fazendo nos antros da alcateia dos homens? — e ao dizer isso esfregou os lábios no ponto em que uma pedra os alcançara, há alguns anos, no dia em que o expulsaram da aldeia de Buldeo.

A porta da cabana abriu-se e uma mulher espiou no escuro. Dentro, uma criança começou a chorar.

— Dorme — disse a mulher. — Foi algum chacal que uivou para os cães. Dorme, que o dia não tarda.

Escondido nos arbustos, Mowgli tremeu tremura de febre. Aquela voz! Aquela voz, ele a conhecia! Mas, para melhor se certificar, gritou baixinho, surpreso de ver como a língua dos homens lhe vinha fácil:

— Messua! Messua!

— Quem me chama? — a mulher indagou com voz trêmula.

— Já me esqueceu? — respondeu Mowgli com a garganta apertada.

— Se é você, diga qual o seu nome. Diga! — exigiu Messua, com a porta entreaberta e uma das mãos no peito.

— Nathoo! — respondeu Mowgli, pois, como todos sabem, fora esse o nome que lhe dera Messua quando o encontrou pela primeira vez.

— Vem, meu filho! — a mulher chamou.

Mowgli entrou e pôs os olhos naquela que tinha sido boa para ele e que ele salvara da sanha dos da aldeia. Estava mais velha, com os cabelos grisalhos, mas sem mudança nos olhos nem na voz. Maternalmente Messua esperava encontrar Mowgli como o deixara, e seus olhos espantavam-se de vê-lo homem feito, cuja cabeça já alcançava a padieira.

— Meu filho! — exclamou tonta; e depois, num deslumbramento. — Mas não é meu filho. É um deus do jângal! Ai!!!

De pé, ao clarão da lâmpada, forte, alto e belo, os longos cabelos negros a lhe caírem sobre os ombros e a cabeça coroada de jasmins, Mowgli podia realmente ser tomado por um deus do jângal. A criança meio adormecida no catre próximo ergueu-se e gritou apavorada. Messua foi sossegá-la, enquanto Mowgli, de pé, olhava para as vasilhas de água e panelas, bancos e demais tralha doméstica de que se recordava muito bem.

— Você quer comer ou beber? — perguntou Messua. — Tudo aqui é seu. A você devemos nossas vidas. Mas você é mesmo aquele a quem chamávamos Nathoo ou é um deus do jângal?

— Sou Nathoo — respondeu Mowgli. — Distanciei-me muito do meu jângal, indo aos pântanos. Avistei luz de longe e aqui estou. Não sabia quem morava nesta cabana.

— Depois que viemos para Khanhiwara — disse Messua timidamente —, os ingleses quiseram ajudar-nos contra a gente perversa da outra aldeia, lembra-se?

— Nunca me esqueci.

— Mas, quando a lei inglesa ia agir e voltamos com ela para a aldeia da gente que pretendia nos queimar, nada mais encontramos.

— Também me recordo disso — murmurou Mowgli com um frêmito nas narinas.

— Meu homem, então, começou a trabalhar nestes campos e finalmente, porque era de fato homem rijo, adquirimos um pouco de terra. O lugar não era rico e fértil como lá, mas necessitávamos de muito pouco, só nós dois.

— Onde está ele, o homem que cavava o chão naquela noite de medo?

— Morreu faz um ano.

— E, este menino, quem é?

— Meu filho, nascido duas chuvas passadas. Se você é um deus, dê-lhe a proteção do jângal para que sempre esteja seguro no meio do seu... do seu povo, como nos sentimos seguros no dia da fuga.

Messua ergueu nos braços a criança, que, esquecida do medo, procurou brincar com a faca que pendia do peito de Mowgli.

— E se é o meu Nathoo, que o tigre raptou — prosseguiu Messua —, ele é seu irmão mais novo. Dê-lhe sua bênção de irmão mais velho.

— Ora! O que sei eu de bênçãos? Não sou nem um deus nem o irmão dele e... Mãe, mãe, meu coração está pesado dentro de mim!

— É febre — disse Messua. — Isso vem de andar pelo pantanal à noite. A febre penetrou até o tutano dos seus ossos.

Mowgli sorriu à ideia de que qualquer coisa no jângal lhe pudesse causar dano.

— Farei fogo e lhe darei leite quente para beber. Tire da cabeça a coroa de jasmins; o cheiro é muito forte para esta salinha tão pequena.

Mowgli sentou-se, murmurando coisas para si, com o rosto nas mãos. Sensações jamais experimentadas o invadiram exatamente como se estivesse envenenado. Bebeu o leite morno em tragos lentos, enquanto Messua, de vez em quando, lhe batia no ombro, ainda incerta se ele era Nathoo ou algum maravilhoso gênio do jângal, embora contente de verificar que pelo menos era humano.

— Filho — disse-lhe por fim com os olhos brilhantes de orgulho —, ainda ninguém lhe falou que você é o mais belo dos homens?

— Hein?! — indagou Mowgli, que naturalmente jamais ouvira uma opinião a seu respeito.

Messua sorriu, carinhosa e feliz. Olhar para ele era a felicidade.

— Sou, então, a primeira criatura que lhe diz isso? Bem, embora as mães sempre digam lindas coisas dos seus filhos, você é realmente belo. Nunca meus olhos viram um homem como você!

Mowgli retorceu a cabeça procurando ver a si próprio, ombro abaixo. Messua riu tanto que ele, sem saber por que, riu também, e a criança olhava ora um ora outro, igualmente rindo.

— Não ria do seu irmão — disse-lhe Messua, aconchegando-a ao peito. — Quando você tiver a metade da beleza dele, vou casá-lo com a filha mais moça de um rajá, e passeará montado em elefantes.

Mowgli não entendeu mais que uma de cada três palavras ditas por Messua. O leite quente começou a fazer efeito em seu organismo, cansado da dura corrida. Mowgli deitou-se e instantes depois mergulhava em profundo sono. Messua, feliz, afastou-lhe os cabelos da testa e agasalhou-o. Ele dormiu à moda do jângal, toda a noite e todo o dia seguinte; seu instinto o advertira de que nenhum perigo o ameaçava ali. Despertou, finalmente, e deu um salto que estremeceu a cabana: o lençol com que Messua o cobrira fizera-o sonhar com armadilhas. Despertou de faca na mão, pronto para a luta.

Messua sorriu e depôs diante dele a refeição da tarde, composta de bolos cozidos, arroz e um pouco de tamarindo em conserva, o necessário para lhe escorar o estômago até a hora da caçada noturna. O cheiro que vinha dos pantanais deixava-o faminto e inquieto. Mowgli precisava terminar sua corrida da primavera, mas a criança insistia em sentar-se no seu colo, e Messua quis pentear-lhe a cabeleira. E cantou cantigas ingênuas enquanto o penteava, ora chamando-o de filhinho ora implorando que desse à criança um pouco do seu prestígio no jângal.

A porta da cabana estava fechada. Assim mesmo, Mowgli ouviu de fora um som, para ele bastante familiar; observou que o queixo de Messua caiu de medo ao ver enorme pata cinzenta introduzir-se por debaixo da porta. Era o irmão Cinzento, soltando abafado e penitente gemido de ansiedade e medo.

— Espere, irmão Cinzento. Você não veio quando eu chamei — disse-lhe Mowgli, na linguagem do jângal, sem voltar o rosto, e a pata do lobo desapareceu de sob a porta.

— Não traga nunca os seus companheiros para cá — pediu Messua, tímida. — Eu... nós temos sempre vivido em paz com o jângal.

— E em paz viverão — disse Mowgli, erguendo-se. — Lembra-se daquela noite no caminho de Khanhiwara? Havia dezenas e dezenas de animais como esse, adiante e atrás de vocês. Acho que, mesmo na primavera, o povo do jângal jamais se esquecerá disso. Mãe, eu já vou.

Messua pôs-se ao lado de Mowgli humildemente, ele era realmente um deus do jângal! Mas, quando o viu abrir a porta para sair, a mãe que havia dentro dela a fez abraçá-lo várias vezes.

— Volte, sim? — pediu com carinho. — Filho ou não, volte porque eu te amo. Olhe, ele também está triste.

A criança chorava ao ver que o homem da linda faca saía.

— Volte outra vez — repetiu Messua. — De dia ou de noite, esta casa estará sempre de porta aberta para você.

A garganta de Mowgli apertou-se. Sua voz parecia como que arrancada à força quando respondeu: "Sim, voltarei".

— E agora — murmurou depois que saiu — tenho minhas contas para ajustar com você, irmão Cinzento. Por que vocês quatro não vieram quando os chamei há tanto tempo?

— Tanto tempo? Foi ontem! Eu... nós estávamos cantando no jângal os novos cantos, porque o tempo das falas novas chegou. Não se lembra?

— É verdade, é verdade...

— E, logo depois dos cantos — prosseguiu o lobo Cinzento com vivacidade —, segui seu rastro. Passei à frente dos outros e vim até aqui. Mas, irmãozinho, o que aconteceu para você estar de novo comendo e dormindo na alcateia dos homens?

— Se você tivesse vindo quando chamei, isso nunca teria acontecido — respondeu Mowgli, apressando o passo.

— E agora, como será? — perguntou o lobo.

Mowgli ia responder, quando uma mocinha trajada de branco surgiu no caminho que levava à aldeia. O lobo Cinzento imediatamente se escondeu, e Mowgli saltou para dentro de um milharal viçoso. Ele quase poderia tê-la tocado, enquanto as hastes verdes e mornas o escondiam e ele desaparecia como um fantasma. A mocinha soltou um grito, pois pensou ter realmente visto um espírito, e, em seguida, deu um profundo suspiro.

Mowgli seguiu-a com os olhos por entre os talos de milho até que seu vulto se perdeu ao longe.

— E agora? Agora não sei... — respondeu finalmente ao lobo, também suspirando. — Por que você não veio quando chamei?

— Nós o seguimos, nós o seguimos... — murmurou o lobo lambendo-lhe o calcanhar. — Nós vamos segui-lo sempre, exceto no tempo das falas novas.

— E me seguiriam na alcateia dos homens também?

— Não fizemos isso na noite em que os homens de Seoni expulsaram você do bando? Quem o despertou quando você dormia no meio das roças?

— Sim, mas me seguirão de novo?

— Não o segui esta noite?

— Mas me seguirá sempre, sempre, sempre, e outra vez, e outra vez, e outra vez, irmão Cinzento?

O lobo calou-se por alguns instantes. Quando de novo abriu a boca foi para dizer para si próprio:

— A Pantera Negra falou a verdade...

— E disse o quê?

— Disse que o homem volta para o homem, no fim. Raksha, nossa mãe, também afirmou isso.

— E Akela também, na noite do ataque dos dholes — acrescentou Mowgli.

— E também Kaa, a Serpente da Rocha, que possui mais sabedoria do que todos nós.

— E você, irmão Cinzento, o que diz?

— Eles já expulsaram você uma vez com feios insultos. Eles feriram você nos lábios com pedras. Eles mandaram Buldeo matá-lo. Eles queriam lançar você na flor vermelha. Você, e não eu, disse que eles eram maus e insensatos. Você, não eu (eu sigo meu próprio povo), foi admitido no jângal por causa deles. Você, não eu, compôs cantos contra eles, ainda mais amargos do que os nossos contra os cães vermelhos.

— Pare! Por que está me dizendo tudo isso?

Iam conversando enquanto corriam. O lobo Cinzento ficou alguns instantes calado; depois falou:

— Filhote de homem, senhor do jângal, filho de Raksha, meu irmão de caverna: embora eu fraqueje nas primaveras, o seu caminho é o meu caminho, o seu antro é o meu antro, a sua caça é a minha caça e a sua luta de morte será a minha luta de morte. Falo por mim e pelos outros três. Mas o que você vai dizer ao jângal?

— Bem pensado. Vá e reúna o Conselho na Roca, que quero dizer a todos o que tenho no coração. Mas talvez não compareçam: no tempo das falas novas todos se esquecem de mim...

— Só isso? — perguntou o lobo, pondo-se em marcha e afastando-se do pensativo Mowgli.

Em qualquer outra estação aquela novidade teria reunido na Roca o povo inteiro do jângal; mas era o tempo das falas novas e todos andavam dispersos, caçando, lutando, cantando, matando. Para um e para outro, corria o lobo Cinzento com a novidade:

— O senhor do jângal volta para os homens! Vamos à Roca do Conselho!

E ruidosos e felizes os animais respondiam:

— Ele retornará quando vierem os calores do verão, quando vierem as chuvas. Venha cantar conosco, irmão Cinzento.

— Mas o senhor do jângal volta para os homens! — repetia aflito o lobo.

— E daí? O tempo das falas novas perde alguma coisa com isso? — perguntavam-lhe.

Desse modo, quando Mowgli, de coração pesado, chegou à Roca, onde havia anos fora trazido ao Conselho, apenas encontrou os quatro irmãos lobos, Baloo, que já estava quase cego, e a pesada Kaa, enrodilhada sobre a pedra de Akela, ainda vaga.

— Termina, então, aqui o seu caminho, homenzinho? — perguntou a serpente, logo que Mowgli se sentou, as faces entre mãos. — Grita o seu grito! Somos do mesmo sangue, eu e você, homens e serpentes!

— Por que não morri nas garras dos dholes? — gemeu Mowgli. — Minha força esvaiu-se e não foi veneno. Dia e noite ouço passos duplos no meu caminho. Quando volto a cabeça, sinto que alguém se esconde de mim. Procuro por toda a parte, atrás dos troncos, atrás das pedras e não encontro ninguém. Chamo e não tenho resposta, mas sinto que alguém me ouve e se guarda de responder. Se me deito, não consigo descanso. Corri a corrida da primavera e não sosseguei. Banho-me e não me refresco. O caçar enfada-me. A flor vermelha está ardendo em meu sangue. Meus ossos viraram água. Não sei o que sei...

— Para que falar? — observou Baloo, lentamente, voltando a cabeça para onde estava Mowgli. — Akela disse, perto do rio, que Mowgli levaria Mowgli para a alcateia dos homens outra vez. Eu também afirmei isso, mas quem ouve o que Baloo diz? Bagheera — onde está Bagheera esta noite? —, ela também sabe disso. É da lei.

— Quando nos encontramos nas Tocas Frias, homenzinho, eu já sabia disso — acrescentou Kaa, refazendo sua rodilha. — Homem vai para os homens, embora o jângal não o expulse.

Os quatro lobinhos entreolharam-se e depois fixaram os olhos em Mowgli, intrigados e obedientes.

— O jângal não me expulsa, então? — sussurrou Mowgli.

O irmão Cinzento e os outros três uivaram furiosamente:

— Enquanto vivermos ninguém ousará...

Mas Baloo os interrompeu:

— Eu ensinei-lhe a lei. A mim cabe falar e, embora meus olhos não vejam a pedra que está perto, enxergam tudo quanto está longe. Rãzinha, tome o seu trilho; faça um ninho com esposa do seu próprio sangue e da sua própria raça; mas quando necessitar de pata, dente ou olho, lembre-se, senhor do jângal, de que todo o jângal acudirá ao seu apelo.

— Também o jângal médio está com você — disse Kaa. — Falo por um povo muito numeroso.

— Ai de mim, irmãos! — exclamou Mowgli, espichando os braços entre soluços. — Eu não sei o que sei! Não vou, não vou, não quero ir, mas sinto-me arrastado por ambos os pés. Como poderei deixar de viver estas noites do jângal?

— Erga os olhos, irmãozinho — disse Baloo. — Não há mal nisso. Quando o mel está comido, abandonamos os favos.

— Depois que soltamos a pele velha, não podemos vesti-la de novo — ajuntou Kaa. — É da lei.

— Ouça, querido de todos nós — disse Baloo. — Não há aqui, nem haverá, palavra que o retenha entre nós. Erga os olhos! Quem ousará interpelar o senhor do jângal? Eu o vi brincando no pedregulho, lá embaixo, quando você não passava de pequenina rã; e Bagheera, que o comprou pelo preço de um touro gordo, também o viu. Daquela noite do "olhem, olhem bem, lobos!", só ela e eu restamos como testemunhas; Raksha, sua mãe adotiva, está morta; seu pai adotivo está morto; a velha alcateia daquele tempo já não existe; você sabe o fim que teve Shere Khan e viu Akela acabar entre os dholes, que teriam nos destruído se não fosse você. Só vejo ossos, velhos ossos. Hoje não é o filhote de homem que pede licença à sua alcateia, é o senhor do jângal que resolve mudar de caminho. Quem pedirá contas ao homem do que ele quer ou faz?

— Bagheera e o touro que me comprou! — respondeu Mowgli. — Eu jamais...

Suas palavras foram interrompidas por um rumor nas moitas próximas. Lépida, forte e terrível como sempre, Bagheera acabava de saltar para dentro do grupo.

— Pelo que você acaba de dizer — disse ela, estirando o corpo —, não vim. Andei numa longa caçada, mas agora ele está morto, na relva: um touro de dois anos, o touro que vai libertá-lo, irmãozinho! Todas as dívidas ficam assim pagas. Além disso, minha palavra é a palavra de Baloo.

A pantera lambeu os pés de Mowgli.

— Lembre-se de que Bagheera o ama — disse ela, por fim, retirando-se de um salto. No sopé da colina entreparou e gritou: — Boas caçadas em seu novo caminho, senhor do jângal! Lembre-se sempre de que Bagheera o ama.

— Você a ouviu — murmurou Baloo. — Nada mais há para dizer. Vá agora, mas antes venha até aqui. Venha até aqui, sábia rãzinha!

— É difícil arrancar a pele — murmurou Kaa, enquanto Mowgli rompia em soluços com a cabeça junto ao coração do urso cego, que tentava lamber-lhe os pés.

— As estrelas desmaiam — concluiu o lobo Cinzento, de olhos erguidos para o céu. — Onde me aninharei amanhã? Porque agora os caminhos são novos...

Esta é a última das histórias de Mowgli.

Impressão e Acabamento
Gráfica Oceano